곁에 남아 있는 사람

곁에 남아 있는 사람

임경선 소설

위즈덤하우스

차례

곁에 남아 있는 사람 07

안경 51

치앙마이 65

우리가 잠든 사이 107

나의 이력서 131

Keep Calm and Carry On 171

사월의 서점 201

작가의 말 243

곁에
남아 있는
사람

쓰레기 분리수거를 하러 나온 남자들은 유난히도 닮았다. 뒷머리가 뻗친 것도 모른 채 목이 늘어난 티셔츠에 헐렁한 반바지, 그리고 슬리퍼를 신고 있다. 꼼짝달싹 안 하던 거북이가 느릿느릿 목을 꺼내 걸음을 옮기는 양 거실 소파에서 뭉그적대다가 아내의 성화에 겨우 플라스틱과 빈 병, 깡통과 종이를 싸 들고 어기적어기적 아파트 건물 뒤편으로 향한다. 깐깐한 관리를 자랑으로 여기는 우리 아파트의 재활용 쓰레기 버리는 날은 일요일 저녁뿐. 그래서 그들은 같은 날 같은 시간에 좀비 떼처럼 움직인다. 그중 여자는—적어도 내가 본 바로는— 나 혼자다.

엘리베이터를 타고 내려오면서 올여름은 유난히 덥다는 말을 벌써 몇 번째 중얼거렸는지 모른다. 재활용 쓰레기를 대형 쇼핑백에 가득 채워 건물 밖으로 나오자마자 목덜미에 땀이 훅 맺혔다. 이미 분리수거장에 남자들이 드글드글 모여 영혼 없는 동작으로 짐을 하나씩 덜어내고 있었다. 외견상 닮은 꼴이긴 하지만 배출된 쓰레기의 양상을 살펴보면 맥주를 일상적으로 마시는 집, 인터넷 서점에서 꾸준히 책을 사는 집, 반찬을 통째로 배달시켜 먹는 집 등 다소 차이가 있긴 했다. 쓰레기는 라이프 스타일의 표식인 셈이다.

  흥미로운 것은 재활용 쓰레기를 처분하고 나서다. 어찌된 일인지 남자들은 돌연 활기를 되찾는다. 종일 집에서 뭉개다가 처음으로 바깥바람을 쐬어서 그럴까. 처자식이 기다리고 있을 집으로 올라갈 생각을 하지 않는다. 분리수거장 외벽에 기대선 남자는 반바지 주머니에서 담배를 꺼내 불을 붙인 뒤 깊게 한 모금 빨아들이며 밤하늘을 쳐다봤다. 그 뒤로 한 남자가 양팔을 들어 올리면서 단지 안 공원으로 성큼성큼 걸어갔다. 공용 운동기구라도 움직여볼 모양이었다. 쪼그려 앉은 채 어딘가로 전화를 걸어 소곤소곤 대화를 나누는 남자도 있었다. 그들은 권태 가득한 얼굴로 모여들었지만 막상 나온 뒤에는 어떻게든 귀가 시간을 늦추려고 했다. 안정을 좇아 결혼한 뒤 호시탐탐 그로부터 빠져나올 기회를 엿보는 기혼자들의 이율배반적인 욕심이란. 결혼 생활에는 가식과 연기가 필요하다는 공통된 진술은 그러고 보면 제법 핵심을 찌르는 발언이라고 생각했다. 마지막으로 쓰레기를 담아 온 쇼핑백까지 처분하고 나서 바로 엘리베이터를 타고 올라갔다.

강남에서 전철로 30분 거리인 이곳, 28평 신축 아파트로 이사 와서야 주민 대부분이 신혼부부나 아기를 키우는 젊은 부부임을 알게 되었다. 강남권으로 출퇴근을 해야 하지만 서울에 집을 얻는 건 부담스러워 밖으로 빠진 사람들이었다. 하긴 애초에 나도 신혼집으로 쓰려고 사놓은 집이었다. 재테크 지식은 없었지만 일만 하다가 서른 중반쯤 되니 돈이 절로 모였다. 주로 집과 회사만 오가며 옷과 여행, 취미 생활에 돈을 별로 쓰지 않아서일 것이다. 어쩌면 그래서 그 나이 먹고도 모아놓은 돈 따위 하나 없는, 비일상의 삶을 사는 '예술 하는 남자'한테 훅 빠졌는지도 모른다. 파혼 뒤 두 달, 너무나 담담해서 스스로도 신기했다.

"원래 내상이 깊으면 바로 티가 나지 않는 법이야."

전진한 친구 하나가 이렇게 위로하며 대신 울어주었다.

정작 엄마는 파혼보다(원래 이 결혼을 가장 반대한 분이다) 딸이 저 멀리 변두리에 내려가 사는 것을 더 속상해하셨다.

"안 좋은 일 자꾸 생각나게 뭣 하러 혼자 거기 기어 들어가. 영미야, 어차피 집값도 안 올라. 적당히 팔고 대출 껴서 서울에 집 사. 네가 아직 세상 물정 몰라서 그러는데, 한번 밖으로 빠지면 다시 안으로 들어오기 힘든 거야."

엄마의 제안은 다분히 합리적이었지만 살다 보면 일부러라도 중심부에서 떨어져 지내보고 싶을 때가 있는 법이었다. 서울에서 겪은 일을 없던 것으로 하고 급하게 흔적을 지우는 것도 억지스럽게 느껴졌다. 빈투리라고는 해도 출근길은 수월하게 뚫려 회사까지 차로 20분이면 도착했고 필요한 편의 시설은 웬만큼 갖춰져 있었다. 목가적인 창밖 풍경을 두고 곧 '우리 집은 논 뷰야'라고 농담할 수 있을 정도가 되었다. 무엇보다 내 명의로 산 첫 집인데 결혼이 파투 났다고 해서 쉽게 놔버리고 싶지 않았다. 집이 무슨 죄가 있나.

* * *

일요일에 종일 쉬어도 월요일이면 이유 없이 피곤했다. 오전 9시에 대표와 중역들이 참석하는 부서장 회의에 들어갔다 나오면 다시 부서 회의를 주관해야 했다. 주로 위에서 내려온 지시를 전달하고 팀원 각자가 맡은 업무를 공유하는 자리였다. 연이은 회의가 끝나면 급한 답신을 처리하고 한 주 스케줄을 정리했다. 이내 점심시간이었다.

"부장님, 많이 피곤하신가 봐요. 오늘 다크서클이 심하세요."

식후 커피를 마시는데 같은 팀 대리가 걱정스럽게 말을 건넸다. 그럴 만했다. 일요일에 오빠와 새언니가 다섯 살짜리 조카를 점심때부터 저녁 먹기 전까지 내게 맡겨놨기 때문이다. 혼자서 에너지가 넘쳐나는 남자아이를 대여섯 시간 상대하며 놀아주는 일은 회사 야근보다 열 배가량 힘이 들었다. 그것도 모르고, 아니 그것을 아니까 오빠네가 곧잘 주말에 조카를 내게 던져놓고 저들끼리 놀러 가는 것이었다.

"지후가 너를 얼마나 찾는지 몰라. 이놈 낯 심하게 가려서 너 아니면 맡길 데도 없어."

그러고선 띄엄띄엄 귀엽게 말을 내뱉는 조카를 일부러 바꿔주는 고단수 지랄을 떨었다.

총각 시절 여러 여자를 거치며 놀 만큼 논 두 살 터울 오빠는 장가를 가더니 안정 지향적인 가부장이 되어갔다. 옛

날 버릇 어디 안 가기에 주중에는 접대나 야근을 핑계로 밤늦게 들어가는 것 같았지만 양심적으로 켕겨서인지 주말만큼은 꼼짝없이 전업주부 새언니를 챙겼다. 망나니 같은 오빠를 데리고 살아주는 것만으로도 고마워서 조카를 몇 시간만 봐달라는 부탁을 마다할 수 없었지만 아무리 눈에 넣어도 안 아픈 첫 조카라도 한 시간만 상대하면 진이 다 빠졌다.

아무래도 오빠네는 내 결혼을 원하지 않는 것 같았다. 그렇게 치면 부모님도 그랬다. 며느리 눈치 보인다며 온갖 잔심부름은 물론이고 아플 때 마음이나 편하자며 찾는 것도 어김없이 딸이었다. 하물며 제사 때도 나를 먼저 호출했다. 뭐라고 툴툴대면 '시집을 가든지'라고 말하는 엄마가 때로는 야속했다. 그런데도 회사의 기혼 여성들은 열이면 열, 나의 독신 생활을 부러워하며 결혼하지 말라고 조언해주었다.

"결혼은 뭣도 모를 때 하는 거야. 최 부장이 지금 나이에 시집가면 오히려 손해야. 신혼 재미는커녕 가자마자 시부모 병 수발해야 할지도 몰라."

나는 유부녀들의 모순된 넋두리를 이해하는 편이었지만 미혼이어서 뭘 모른다는 식의 어조에는 짜증이 났다. 피차

서로의 삶을 완벽히 이해하기란 불가능할 텐데, 내 경험은 왜 관점으로서 존중되지 못하는 걸까. 꼬리를 무는 생각에 지칠 때쯤 질문은 다시 원점으로 돌아가곤 했다. 나는 이대로 평생 혼자 살아가게 되는 것일까?

화장실에서 이를 닦으며 이런저런 생각에 잠겨 있을 때 준호에게서 메시지가 왔다.

–이번 주 토요일에 시간 되면 서영이랑 같이 볼까?

찬물로 입안을 헹구면서 지난번 만남을 떠올렸다.

파혼으로 상심한 내 모습을 본 사람은 준호밖에 없었다. 진짜 이별에 이르기까지 숱한 이별의 예행연습을 겪어야만 했던 나는 어느 날 모든 것이 완전히 끝났음을 직감했다. 상대도 알고 있었다. 그가 다음 날 집 앞으로 찾아오거나 내가 먼저 전화해서 미안하다고 말할 일은 더 이상 없었다. 평생 서로를 볼 일이 없을 것을 확신했다. 완전한 이별은 완벽한 죽음과도 같았다. 그날 밤 머리가 깨질 것처럼 아파 바닥을 데굴데굴 굴렀다. 진통제도 소용없었다. 정신을 차리고 보니 어느새 준호에게 전화를 걸고 있었다. 창밖에선 강한 돌풍을 동반한 봄비가 세상을 뒤흔들었다. 막상 준호가 전화를 받자 할 말이 없었다.

"무슨 일 있구나."

준호는 내 목소리만 듣고도 어느 정도 상황을 파악했다.

"아냐. 그냥 잘 지내나 궁금해서. 요새 연락도 통 못 했고…."

수화기 너머로 준호가 혀를 차는 소리가 들렸다.

"나한테 그런 거짓말이 먹힐 것 같냐."

"나 정말 잘 지내."

"다 티 나니까 쓸데없는 소리 하지 말고. 무슨 일인데?"

잠시 뜸을 들인 뒤 결혼을 취소하게 되었다고 순순히 자백했다. 유독 준호 앞에서는 감정을 숨기기가 어려웠다.

"알았어."

전화가 끊기고 얼마 뒤 현관 벨이 울렸다. 준호가 얇은 봄 코트 주머니에 손을 찔러 넣은 채 서 있었다.

"최영미, 어서 나와. 날씨 좋다. 바람 쐬러 가자."

곁에 남아주는 사람은 언제나 준호뿐이었다.

* * *

카페에 들어가니 준호의 일곱 살짜리 딸 서영이가 입구 쪽으로 헐레벌떡 뛰어왔다.

"서영아!"

아이는 자기 이름을 부르는 소리에 환한 미소를 짓더니 기쁨의 환호성을 지르며 내 품에 쏙 들어와 안겼다. 나는 무릎을 굽혀 아이를 꼭 껴안았다. 남자애인 조카 지후와는 달리 부드럽고 몰캉했다. 반가운 나머지 흘린 침이 카디건에 묻었지만 개의치 않았다. 그저 온몸으로 제 감정을 표현하는 아이가 애틋하기만 했다. 한참 껴안고 있다가 고개를 드니 이쪽을 흘끔거리는 시선이 느껴졌다. 익숙한 눈빛이었다.

아이들이 다 그렇지만 특히 발달 장애를 가진 아이는 감정에 한없이 솔직하다. 속마음을 거침없이 표현하는 서영이를 보면서 딱딱한 가면을 쓰고 살아가야 하는 나 자신이 딱하게 느껴지곤 했다. 웃어야 할 때 활짝 웃고 울어야 할 때 울음을 터뜨릴 줄 아는 서영이가 내 눈에는 나보다 훨씬 용감했다.

"왔어? 커피 마실 거지?"

준호가 자리에서 일어났다. 못 본 사이 머리가 군인처럼 밀려 있었다.

"머리가 왜 그래?"

준호는 내 지적에 눈꼬리가 내려갔다.

"이상해? 일찍 와서 미용실을 갔는데 알아서 해달라니

까 이렇게 바투 깎아놨네."

 분명 헤어스타일은 우스꽝스러운 구석이 있었지만 한편으로는 준호를 서영이의 삼촌뻘로 보이게 했다. 커피가 나올 때까지 서영이는 한쪽 손으로 아빠를, 다른 한쪽으로는 내 손을 아플 정도로 꽉 쥐고 있었다. 우리 셋은 어떤 관계로 보일까. 최근 들어 준호는 서영이를 더욱 자주 데리고 나왔다. 정확히는 서영이가 유치원에 들어가면서 아이 엄마가 직장에 복귀하고 준호가 회사를 그만둔 뒤부터였다. 직장 일로 바쁜 엄마를 대신해서 내가 준호의 육아를 돕는 셈이었다. 어른 한 명이 아이 하나를 간수하는 일은 생각보다 쉬운 일이 아니었다. 특히나 그 아이가 도움을 더 필요로 할 때에는.

 "서영 엄마는 바빠? 오늘도 회사?"

 "아니, 미국으로 출장 갔어."

 "멀리 가셨네. 일주일이면 오시나?"

 "2주 잡고 갔어."

 국내 로펌 변호사가 뭔 놈의 해외 출장을 그리도 길게 가는지 이해할 수 없었지만 함구하기로 했다. 준호가 내게 도움을 청한 이유는 따로 있었다. 그사이 키가 훌쩍 커버린 서영이의 가을 옷을 같이 골라달라는 것이었다.

커피를 마시고 나서 함께 키즈 코너를 돌아봤다. 서영이는 기어코 가운데에 서서 우리 손을 나눠 잡았다. 때론 몸에 힘을 주고 제자리에서 버티기도 했다. 자기를 번쩍 들어 올려달라는 요구였다. 준호와 내가 몇 번 보조를 맞춰준 뒤에야 아이는 만족스럽게 웃음을 터뜨렸다. 카페 안에서 그랬던 것처럼 지나치는 사람들의 눈길이 느껴졌다. 대부분은 한번 힐끗, 몇몇은 대놓고 노골적인 시선을 보냈다. 두려움, 연민, 낯섦, 그리고 혐오가 뒤섞인 눈빛이었다.

"엄마, 쟤 봐. 걷는 게 이상해. 이상하게 생겼어."

맞은편에서 한 아이가 서영이를 가리키며 말했다. 엄마인 듯한 여자가 재빨리 아이를 잡아끌었다. 서영이가 보통 아이들과 다르게 생긴 것은 사실이었다. 위로 치켜 올라간 눈꼬리, 넓은 미간, 납작한 콧방울과 뒤통수, 짧고 두꺼운 목. 하지만 그저 다를 뿐 이상한 건 아니었고 내겐 그 누구보다 사랑스럽게 보였다. 가끔 알아듣지 못할 혼잣말을 하거나 갑작스럽게 산만한 행동을 해서 주변을 놀라게도 했지만 어린아이들이 다 그렇지 않나. 아무것도 모르는 아이의 무지는 차라리 당연했다. 무지한 눈망울보다 병이라도 옮을 것처럼 아이를 끌어당기던 손짓이 더 잔인했다. 준호네 부부가 일상적으로, 그리고 앞으로도 겪어야만 하는 상황이었다. 간접적으로 현실을 체험할 때마다 장애를 가진 서영이의 엄마이자 준호의 아내로서 이런 상황을 평생 마주하는 내 모습을 상상해보기도 했다. 하물며 가끔은 그것이 나의 미래가 아니었을까, 라는 망상조차 들었다.

  결혼 소식을 주변에 알렸을 때 가장 놀란 이는 준호였다. 일본식 오뎅을 파는 선술집의 카운터에 나란히 앉자마자 나는 맥주를 따라주며 소식을 전했다. 준호는 충격받은 표정으로 내 얼굴을 쳐다보더니 일단 잔이 채워지자 맥주부터 벌컥벌컥 들이켰다. 평소 술을 잘 못 마시는 그였기에 나야말로 깜짝 놀랐다. 이윽고 준호가 냅킨으로 입가에 묻은 맥주 거품을 닦아내더니 무거운 목소리로 말했다.
  "난 네가 영영 시집 안 갈 줄 알았어."
  그 말을 듣자니 내가 해서는 안 되는 일을 한 것처럼 느껴져서 언짢았다. 하지만 직설적이고도 즉각적인 반응이 싫지만은 않았다.
  "무슨 소리야. 결혼은 너만 할 수 있다고 생각했니? 그런 말이 어딨어?"
  준호도 말해놓고선 민망한지 오른손으로 목덜미를 만지

작댔다.

"하긴 너도 이제 나이가 있으니… 부모님도 걱정하실 테고. 참, 어머니 허리는 괜찮으셔?"

불편한 변화를 애써 무시하듯 준호가 딴청을 피웠다. 맥주 한 잔을 단번에 들이켜더니 그새 볼이 벌게져 있었다.

"우리 엄마는 괜찮아. 내 걱정은 안 하면서, 쳇."

나는 맥주를 따른 뒤 단번에 잔을 비웠다. 이내 내 얼굴도 똑같이 벌게졌다. 그러거나 말거나 준호는 양 손바닥으로 얼굴을 비벼대며 현실을 받아들이려 애쓰고 있었다.

"너 무슨 딸내미 시집보내기 싫어서 괴로워하는 아빠 같다, 야."

나는 준호의 이마에 가볍게 꿀밤을 먹였다. 내가 뒤늦게 결혼을 결심한 계기가 본인에게 있다는 걸 준호는 과연 알기나 할까? 문득 가슴이 답답해서 다시 잔을 채웠다. 흰 거품이 올라오더니 순식간에 잔을 타고 흘러내렸다.

* * *

준호와는 대학의 클래식 기타 동아리에서 처음 만났다. 내가 2학년이 되었을 때 재수를 한 준호가 1학년 새내기로 들어왔다. 한동안 준호는 내게 존댓말을 써야 했다. 그는 적당한 키에 자세가 곧았다. 깊은 눈빛, 오뚝한 콧날에 가지런한 이, 여드름 자국 하나 없는 깨끗한 피부는 그에게 달콤한 미소년의 분위기를 선사했다. 거기다 단정한 옷차림과 또렷한 발음을 구사했으니 여학생들의 관심을 한 몸에 받는 건 시간문제였다.

그즈음 나는 인기 많은 남학생은 경박하고 오만할 거라는 선입견을 품고 있었다. 돌이켜보면 그 원인은 상당 부분 열등감에서 기인했다. 나는 고등학교 때까지 통통한(엄밀히 말하면 과체중인) 편이었다. 처음에는 그 사실을 의식하지 못했다. 친구들을 포함해서 주변 누구도 그런 말을 해주지 않았기 때문이다. 수험 생활을 하면서 스트레스로 폭식을 하는 바람에 체중은 더욱 늘어갔지만 신경 쓰지 않았다. 대학에 입학하면 바로 군살이 빠질 줄 알았다. 하지만 고등학생이 대학생이 된다고 해서 그런 변화는 일어나지 않았다. 30분 만에 완성되는 쌍꺼풀 수술처럼 간단한 일이 아니었다. 밤늦게까지 공부하느라 먹던 야식이 줄어든 만큼만 체중이 내려갔다. 대학에 입학하자마자 연애 같은 건 나와 먼 얘기라고 여기게 되었다. 자존감은 낮았고 경계심이 도드라졌다. 외형 따위에 얽매이지 않는다고 단

언하면서 정작 그에 휘둘려 사람을 판단했다. 충분히 어리석었다.

처음에는 일부러 준호에게 거리를 두고 사무적으로 대했다. 바보가 아닌 바에야 그렇게 인기가 많은 스타일은 자신이 관심을 받고 있다는 것을 알 테고 그 매력 자산을 이용할 것이 틀림없었다. 그런데 준호는 달랐다. 내가 불필요한 경계심을 품고 있다는 사실조차 모르는 듯했다. 인기에 연연하지 않았고 그런 유형의 권력에 관심조차 없어 보였다. 특유의 무심함으로 여학생들의 고백을 칼같이 거절했다. 어떠한 여지도 주지 않는, 잔인하리만큼 단호한 거절이었다. 물론 그렇게 단칼에 잘라주는 것이 상대를 위한 배려일 수 있으나 당시에는 알 턱이 없었다. 고백 뒤에 남은 것은 당혹스러운 굴욕감뿐이었다. 서준호를 두고 '이기적이다', '잔인하다', '무슨 생각을 하는지 모를 남자다', '그러니까 너도 조심해' 같은 인물평이 돌았고 여학생들의 탈퇴가 연이었다. 정신을 차리고 둘러보니 동아리에 여학생이 거의 남아 있지 않았다. 그리고 예기치 않게 내 마음에 평화가 찾아왔다.

준호는 무뚝뚝하지만 자상했다. 자상하지만 말을 직설

적으로 했다. 그리고 진심으로 클래식 기타를 사랑했다. 고등학교 때부터 기타를 쳤기에 대학에 입학하면서 시작한 나보다 실력이 훨씬 나아서 후배인 그가 선배인 나를 가르치곤 했다. 취업 문이 좁아지면서 준호 아래 기수로는 후배들이 좀처럼 들어오지 않았다. 기타리스트가 될 게 아니라면 팔자 좋게 기타 줄이나 튕기는 취미 동아리는 별 매력이 없는 듯했다. 몇 안 되는 선배들도 졸업이 다가옴에 따라 취업이나 진학, 유학 등의 진로 문제로 바빠 동아리 활동에 신경 쓸 여력이 없었다. 그러다 보니 수업을 마치고 동아리방에 가보면 대개 준호 혼자서 기타를 치고 있었다. 고독해 보였으나 그 모습이 어울리기도 했다. 대학생으로서 마지막 여유를 부려봄 직한 3학년 때 나는 그의 곁에서 같이 기타를 만졌다. 그렇게 단둘이 보내는 시간이 늘어갔다. 같이 지내다 보니 밥을 먹게 되고, 밥을 먹다 보니 이야기를 나누게 되고, 이야기를 나누다 보니 같은 강의를 수강하게 되었다. 스스로도 의식하지 못하는 사이에 부기가 차츰 빠진 것처럼, 함께 지내는 시간이 길어지다 보니 그가 곁에 있는 게 더없이 자연스러운 일로 느껴졌다.

"너희 연애하냐?"

취직이 확정된 졸업반 선배가 오랜만에 동아리방을 찾아와 물었다. 뺨이 화끈거렸다.

"아닙니다."

평상시 부드럽던 준호의 어조가 서늘하게 단호해졌다. 순간 준호로부터 자비로운 거절을 당한 여학생들이 떠올랐다.

"말도 안 돼요, 선배! 대체 어딜 봐서 제가….".

싸한 분위기를 농담으로 웃어넘기려고 애쓰는 나 자신이 비루하게 느껴졌다. 그날 밤 저녁도 안 먹고 이불을 뒤집어쓴 채 침대에 처박혔다. 지쳐서 잠들 때까지 베개에 얼굴을 묻고 펑펑 울었다. 어느새 준호를 많이 좋아하고 있었던 것이다.

준호는 아무리 친하게 지내도 자신의 모든 것을 말해주진 않았다. 일부러 숨겼다기보다는 어떤 것—복잡한 감정이나 문제 따위—은 스스로 알아서 처리해야 한다고 믿는 것 같았다. 자신의 문제가 타인과 나눠야 할 만큼 대단한 것은 못 된다는 내향성이 깃든 겸손함도 작용했다. 가령 연애에 관해서도 말을 아꼈다. 더러 여자를 사귀는 것 같았지만 나처럼 가까이 지내거나 관심이 많은 사람이어야 겨우 알 만했다. 사귀는 사람이 있었다는 걸 깨닫는 시점은 대개 이별한 뒤였다. 사귈 때는 몰라도 헤어지면 티가 났다. 상처 입은 마음을 달래는 그만의 방법은 평소보다 오래 동아리방에 머물면서 기타를 치는 것이었다.

"뭐 해?"

준호는 보면 몰라, 라는 듯 날카롭게 쳐다본 뒤 고개를 다시 숙였다. 무슨 일이 있었는지 물어볼 수도 없을 만큼 가시 돋친 분위기를 풍겨서 가만히 내버려둘 수밖에 없었다.

'또 헤어졌구만. 이상한 애들만 만난다니까. 여자 보는 눈이 너무 없는 거 아냐.'

내심 투덜거렸으나 그녀들을 본 적이 없으니 어떤 사람인지 알 길도 없었다. 어쨌거나 적당히 시간이 지나면 그가 먼저 다가왔다. 이따금 그런 생각도 들었다. 마음이 약해진 타이밍을 이용해 고백해볼까, 하고. 하지만 친구로서 가까워질수록 고백의 기회는 멀어져갔다. 이로운 타이밍을 노리는 것도 기회주의자가 된 것 같아서 마뜩잖다⋯라며 당시엔 속 깊은 척을 했지만 나는 그저 요령 없는 겁쟁이일 뿐이었다. 좋아하면 좋아한다고 직구를 날리는 애들이 한없이 부러웠다. 내게는 그런 승부사 기질이 부족했다. 거절당해도 버틸 수 있게 해주는 단단한 자신감이 없었기 때문이겠지.

언젠가는 내 마음을 알아주리라고 믿었지만 준호는 이내 새 여자 친구를 만들었다. 정확히는 매력이 넘치는 그를 주변에서 가만히 놔두지 않았던 것이리라. 그가 주기적으로 이별한 티를 낼 때마다(어쩐지 평균 석 달을 넘기지 못하는 것 같았다) 나는 관계의 형식이 다르다 하더라도 가장 오래 준호의 곁을 지켜왔다는 자부심으로 스스로를 지탱했다. 어차피 고백하지 못한다면 불평도 하지 않기로 했다. 그가 여자 친구의 존재를 암시하는 듯한 이야기를 꺼내도 담담하게 받아들였다. 그래봤자 석 달도 못 넘길 테니까. 상대방의 변함없는 패턴을 비아냥거리면서도 정작 나 자신도 아무런 변화를 일으키지 못했다. 나의 용기 없음을 지긋지긋해하던 중에 준호가 2학년 2학기를 마치고 입대를 결정했다. 입대 전 동아리 사람들이 마련한 환송회에서 나는 어울리지도 않게 과음했다.

"왜 이렇게 많이 마셨냐?"

준호가 쯧쯧거리니 내 이마에 손을 갖다 댔다.

"너야말로 대체 왜 그래!"

갑자기 심장이 터질 것처럼 화가 나서 꽥 소리를 지른

뒤 괴력으로 준호의 손을 쳐낸 것까지가 기억의 전부였다. 무시무시한 두통과 함께 눈을 떠보니 내 침대 위였다. 분명 누군가가 집까지 데려다줬을 테고 우리 집이 어디인지 아는 사람은 준호뿐이었다.

어떡하지. 나는 이 남자애가 너무 좋았다. 그가 멀리 가버린다는 사실을 견딜 수 없었다. 그날 밤 어떻게 해서든 고백해야 했을까. 그랬다면 우리 사이의 무언가가 달라졌을까. 어떻게 하는 것이 좋았을지 지금으로서도 알 수가 없다. 설사 끝까지 갔다 해도 그 전에 달라지지 못한 것들이 그 후에 달라질 수 있었을까. 훗날 엄마는 이렇게 말씀하셨다.

"그때 고주망태가 된 너를 업고 온 남자애가 우리 집 사위가 될 줄 알았어. 그렇게 추한 꼴을 보고도 끝까지 챙기는 걸 보고 그렇게 생각했지. 엄마가 보기엔 그 청년, 괜찮더라고."

하지만 나는 이미 망했고, 뒤늦게 상황을 수습할 길은 없었다. 당시 내게 필요했던 것은 그때까지의 일을 잊고 그 사람 없이 새로 시작할 용기였다. 그러기 위해 시간만큼은 내 편을 들어줄 거라고 믿고 싶었다.

＊ ＊ ＊

　준호와 다시 만난 것은 동아리 선배의 결혼식에서였다. 그 선배의 대학 시절 행색이 워낙 남루했기에 축의금을 조금이라도 보태고 싶은 마음에 찾았다. 하지만 선배는 자산가의 아들이었고, 결혼식은 초호화판이었으며, 하객이 넘치도록 많이 와서 축의금 테이블 앞에는 일렬로 줄이 만들어질 정도였다. 선배도 머리를 자르고 턱시도를 입으니 사람이 달라 보였다. 부랴부랴 줄을 서서 축의금을 내고 그래도 후배로서 예의를 지켜야겠다 싶어 식이 진행되는 내내 자리를 지켰다. 사랑에 빠진 남녀가 함께 인생의 무덤으로 들어가는 모습을 지켜보면서 그동안 내온 축의금 액수를 곰곰이 따져보았다. 어디 결혼식뿐이랴. 결혼 뒤 아기를 낳으면 출산 축하 선물을 사주었고 호구의 의무는 둘째 아이 돌잔치까지 이어졌다. 그다음부터는 주로 그쪽에서 연락이 뚝 끊겼다. 이것은 뭐랄까, 시키는 대로 꼬박꼬박 연금을 내다가 나중에 한 푼도 돌려받지 못하는 꼴이었다. 님의 일을 주하해주기만 하다가 인생이 끝나버릴 것 같았다. 과연 내 인생에 결혼식이나 돌잔치가 존재할까? 억울한 감정은 가만히 두면 절로 부풀어 올랐다.

그래도 기왕 온 거 기념사진으로 증거를 남겨야 했다. 나는 친구 무리에 끼어들어 자리를 잡았다.

"거기, 신랑 뒤쪽에서 두 번째 여자분! 왜 거기 서 계세요?"

새까만 콧수염을 기른 사진사가 카메라 렌즈에서 얼굴을 떼더니 나보고 신부 쪽으로 가라고 지시했다. 신랑 쪽에는 남자만 있고 신부 쪽에는 여자만 있어야 한다는 기묘한 설정에 항의하고 싶었지만 남의 경삿날에 사소한 일로 트집을 잡고 싶지는 않았다. 사진사가 몇 번이나 여자분들 환하게 웃으세요, 라고 말할 때도 짜증이 났지만 꾹 참았다. 이윽고 신부가 부케를 던지는 순서가 왔다. 받을 사람이 따로 정해지지 않은 탓에 신랑보다 여덟 살이나 연하라는 신부의 친구들은 연신 파릇파릇한 기운을 내뿜으며 까르르 들떠 있었다.

"자, 신부님! 지금 던지세요!"

사진사가 사인을 주자 신부가 흰 장미꽃으로 만든 동그란 부케를 머리 뒤로 던졌다. 힘이 넘쳐나서인지 부케는 한참 뒤쪽으로 날아갔다. 완전히 무관한 일처럼 멀뚱히 그 궤적을 따라가던 나는 엉겁결에 코앞으로 날아온 부케를 받아버리고 말았다. 또다시 사람들의 시선이 내게 꽂혔고 몇 초간 어색한 침묵이 흘렀다. 나는 무언가 대단히 잘못한 것 같은 기분을 느꼈다. 그러거나 말거나 이내 다들 밥을 먹으러 썰물처럼 빠져나갔다. 일말의 민망함을 안은 채 부케를 들고 구부정하게 출구로 향하는데 누군가의 손이 내 팔을 붙들었다.

"긴가민가했어. 부케 덕분에 얼굴을 확실히 봤네."

결혼식장에서 재회한 준호는 당사자가 결혼을 두 달 앞두고 있었다. 준호가 곁에 없던 대학 생활의 마지막 1년이 뻐근한 감각으로 되살아났다.

내 인생에서 가장 긴 1년이었다. 독하게 잊고자 하는 결심엔 시간이 필요했고, 시간을 소비하기 위해선 몰두할 무언가가 필요했다. 나는 껍데기만을 가지고 취업 준비에 집중했다. 준호가 부대에서 편지를 보냈다. 군 생활을 소개하고 안부를 묻는 내용이었다. 사심 없는 편지는 나를 더욱 아프게 했다. 감정을 꾹꾹 눌러 담아 답장을 쓰다가 찢어버리기를 반복했다. 급기야는 답장하는 것을 포기했다. 점차 편지가 오는 간격이 길어졌고 신입 사원 연수에 들어갈 즈음에는 더 이상 오지 않았다. 연수원에 들어가면 한 달간 정신없이 바빠질 테니 차라리 다행이라고 생각했다. 이제부터는 현재를 살아가자고 스스로를 타일렀다. 서랍에 모아두었던 편지들도 버렸다. 그즈음에는 준호의 얼굴이 잘 떠오르지 않았다. 윤곽이 흐릿해진 만큼 과거의 인연도 옅어져가리라 믿었다. 나는 속옷 안에 들어가 있던 오른손을 꺼낸 뒤 여벌 베개를 두 팔로 껴안았다. 이내 꿈도 꾸지 않을 만큼 깊은 잠에 빠졌다.

* * *

그때 그 남자가 내 곁에 서 있었다. 무려 서른일곱 살이 되어서. 선배의 결혼식장에서 재회한 뒤로는 꾸준히 만나 같이 시간을 보내게 되었다. 생각해보면 불가사의한 인연이었다. 사회인이 된 준호는 예전의 예민하고 자기중심적인 부분이 많이 누그러져 있었다. 얼굴은 기미로 얼룩덜룩했고 잔주름도 적지 않았다. 하지만 저 안에 내가 좋아했던 그 소년은 아직 살고 있었다.

옷 고르는 걸 도와달라던 사람치고는 자기가 척척 알아서 하고 있었다. 그가 들여다보는 체크리스트에는 편하게 입고 벗을 수 있는 긴소매 티셔츠 다섯 벌, 하의는 고무줄 바지로만, 어떻게 입어도 대충 매치가 될 만큼 실용적이고 무난한 옷으로, 라고 적혀 있었다. 아이 엄마가 적어준 모양이었다. 쇼핑이 마무리되어 갈 즈음, 준호가 서영이를 쳐다보며 말했다.

"서영이가 입고 싶은 옷 두 개만 골라서 아빠한테 가져와봐."

준호는 손가락으로 브이 자를 그리며 '두 개'를 강조했다. 그 말에 서영이가 흥분을 감추지 못하고 옷걸이와 매대 사이를 깡충깡충 뛰어다녔다. 너무나도 솔직한 기쁨의 표현을 지켜보며 준호와 나는 흐뭇하게 웃었다. 한참을 두리번거리더니 서영이가 실용성과는 거리가 먼, 반짝이와 뱅글이 달린, 파티에서나 입을 법한 망토를 들고 타다닥 뛰어왔다. 옆에서 가격표를 훔쳐보니 실용적이고 무난한 옷을 다섯 벌은 더 살 수 있을 정도의 액수였다. 서영이는 그새 저만치 뛰어가서 핫핑크색 운동화를 만지작거렸다. 서영이는 눈에 띄는 것을 전혀 두려워하지 않았다.

"서영아, 신발 말고 옷을 골라야지. 치마도 괜찮아."
"내가 잘 얼러서 다른 걸로 바꿔올게."

조금이라도 도움이 되고 싶어서 반짝이 망토를 집어 들어 다가갔지만 서영이는 탐내던 운동화를 놔두고 돌아와 망토를 사수하는 포즈를 취했다.

"직접 고른 거니까 놔두자. 이것도 잘 입히면 되지."

준호가 서영이의 손을 잡고 계산대로 향했다.

쇼핑을 마친 뒤 옥상정원으로 올라왔다. 공간 대부분이 아이들이 마음껏 뛰어놀 수 있게 배려한 잔디밭이었고 한편에 등나무 지붕을 올린 테라스가 있었다. 한가운데에서 서너 명의 아이들이 땀을 뻘뻘 흘리며 잡기 놀이를 했다. 9월 중순으로 치닫고 있었지만 늦은 오후에도 더위는 식을 줄 몰랐다. 준호가 아이스커피 두 잔과 오렌지 주스를 쟁반에 받쳐 테이블로 가져왔다. 서영이는 긴 빨대로 주스를 마시면서도 시선은 계속 잔디밭을 향했다. 아이들과 뛰어놀고 싶어 몸이 근질근질한 기색이 역력했다.

"서영아, 가서 놀고 싶으면 그렇게 해. 애들한테 같이 놀자고 말을 걸어봐. 그래도 돼."

준호가 서영이의 엉덩이를 가볍게 두드리며 어서 가보라고 응원하자 아이는 부끄러워하면서도 빠른 걸음으로 잔디밭에 다다랐다. 하지만 막상 아이들 곁에 서자 말은 걸지 못하고 주변만 맴돌면서 웅얼웅얼 혼잣말을 했다. 아이들은 암묵적으로 서영이가 존재하지 않는 것처럼 행동했지만 서영이는 그 아이들을 한 템포 늦게 따라다니면서 웃음소리가 나면 또 한 템포 늦게 따라 웃었다. 이따금 머리를 치켜들고 가늘게 눈을 뜬 채 제자리에서 빙글빙글 돌기도 했다. 그러다 보면 어지럽기도 하고 타고나기를 근육이 약해서 벌러덩 넘어지기 일쑤였다. 준호는 햇살 너머에서 서영이를 가만히 지켜보고만 있었다. 아이가 스스로 처신하는 법을 터득하도록, 넘어져도 털고 일어나보는 기회를 빼앗지 않도록 인내심을 발휘하며 개입을 참는 것이었다.

준호가 딸이 다운증후군이라고 했을 땐 가슴이 철렁 내려앉았더랬다. 준호 같은 애는 항상 햇빛이 비치는 길만 걸어야 하는 것 아니었나. 세상에는 신에게 간택된 사람들이 따로 있고 그중 하나가 준호 아니었나. 그렇기에 내 손에 닿지 않아도 받아들였던 것 아니었나. 주말에 가까운 절—집에서 가장 가까운 종교 시설이었다—에 가서 그와 한 번도 보지 못한 그의 딸을 위해 기도도 올렸더랬다.

"엊그제 일 같아. 태어난 지 반나절도 안 돼서 다운증후군일 가능성이 높다는 얘길 듣고 대학 병원에 실려 갔던 게. 그 작은 핏덩이가 곧바로 심장 수술을 받았지. 그래서 이만큼 튼튼하게 자리준 것만으로도 너무 고마워."

나야 그 화제를 일부러 피했지만 준호가 먼저 이야기를 꺼낸 건 처음이었다. 서영이를 향한 눈빛에 오늘따라 유난히 많은 감정이 깃들어 있었다.

"아이들은 결국엔 다 해내더라. 우리가 생각하는 것보다 훨씬 강해."

"참, 서영이 학교 문제는 어떻게 됐어?"

서영이는 현재 공립 유치원에 다니고 있는데 초등학교 진학을 앞두고 고민이 많았다. 장애를 가진 아이들은 비장애아들보다 몇 달은 먼저 학교를 정해야 하는 모양이었다.

"우선은 일반 학교에 보내기로 결정했어."

"괜찮을까? 서영이가 힘들어하지 않을까 걱정된다."

"응, 수월하지는 않을 거야. 유치원 때야 너 나 할 것 없이 어려서 장애인과 비장애인의 차이가 크지 않았거든. 하지만 초등학생이 되면 아이들이 큰 만큼 차이도 커지겠지. 같은 반에 장애아가 있어서 수업에 지장을 준다고 교육부에 청원한 학부모도 있다더라."

"말도 안 돼. 자기들은 자식 안 키워? 어떻게 그렇게 사람이 못될 수가 있지? 준호야, 그런 일 겪을 바에야 특수학교 보내는 게 나은 거 아냐?"

"그렇긴 한데 일반 아이들과 생활해볼 기회는 초등학생 때뿐이라서. 서영 엄마도 장애가 없는 아이들과 생활해봐야 하나라도 더 보고 배울 수 있다는 입장이고."

"그래… 그런 일장일단은 있지."

"응. 그래서 서영 엄마가 이번에 좀 오래 있다 오는 거야. 미국 간 김에 서영이 학교도 알아본다고."

"뭐라고?"

깜짝 놀라서 나도 모르게 목소리가 커졌다.

"아직은 몰라. 그렇게 되면 다 같이 이민을 가야 하니까 쉬운 결정이 아니지. 그래도 아이를 위해서라면 뭐…. 사실 나가서 살면 서영 엄마나 나도 조금은 편해질 것 같아. 여러 가지로부터."

서영이를 향하던 준호의 아련한 눈빛이 그제야 이해가 갔다.

불현듯 7년 전 흥분을 감추지 못하며 아내의 임신 소식을 전하던 모습이 기억났다. 준호는 그토록 섬세한 애가 가끔 상대의 감정 따위 안중에도 없는 듯 지나치게 해맑을 때가 있었다. 나는 지현 씨를 처음 소개받았을 때부터 좋은 인상을 받지 못했다. 그녀는 내가 고교 시절 반에서 가장 싫어하던 여자아이와 생김새나 분위기가 흡사했다. 자신이 상대에게 좋은 인상을 준다는 것을 알고 그 이점을 충분히 활용하면서도 아무것도 모른다는 듯 행동하는 영악함. 자신에게 도움이 될 사람과 안 될 사람을 본능적으로 파악하고 다르게 대하는 이중성. 대부분의 사람들은 지현 씨 같은 타입에게 호감을 느낄 것이다. 아마 그 여자아이도 어딘가에서 잘 살고 있겠지. 자의적인 판단이라는 것을 알면서도 그때는 마냥 실실거리는 준호가 답답해서 등을 한 대 때려주고 싶었다. 그녀는 준호가 대학 시절 거쳐 온, 얼굴도 모르는 여자 친구들을 모두 더해 형상화해놓은 것 같은 여자였다. 그런 여자와의 결혼을 결심한 준호에게 실망했다. 물론 꼬일 대로 꼬여버린 내 감정이 문제일 수도 있었지만.

어쨌거나 섬세하지만 의외로 단순한 준호와 해맑아 보이지만 속을 알 수 없는 그녀는 기질 자체가 정반대로 보였다. 예상대로 두 사람은 신혼 시절부터 갈등을 겪었다. 이혼이라는 단어가 나올 만큼 관계가 최악으로 치닫고 있을 때 준호는 아내에 대한 애정이 완전히 식었음을 고백했다.

"그런데 왜 같이 살아?"

결혼 생활을 경험해보지 못한 입장에서 나이브한 소리라고 할지 모르겠지만, 그만큼 속이 터지도록 답답했다. 이해할 수가 없었다. 결혼할 때 사람들은 나사가 하나씩 빠지는지 도무지 이성과 논리가 통하지 않았다. 입을 꾹

다문 채 먼 곳을 응시하던 준호는 내가 한숨을 다섯 번쯤 쉰 다음에야 조용히 대답 같지 않은 대답을 내놓았다.

"결혼할 때 책임지기로 한 거니까."

나는 어이가 없어서 먼저 자리를 떠버렸다. 두 달간 준호의 연락도 회피했다. 빤히 보이는 냉대와 무시에도 꾸준히 취해오던 연락이 한동안 끊긴 뒤, 다시 만난 그는 흥분한 채 떠들어댔다. 부부간에 애정이 식어 관계가 위태로울 때 애가 들어서면 오히려 상황이 바뀔 수 있다는 이야기를 어디선가 주워들은 적이 있었지만 그 예시가 준호가 될 줄은 몰랐다.

서영이가 어린이집에 들어갈 무렵, 준호는 자신이 운영하던 건축 설계 사무소를 접었다. 대신 재택근무로 선배 일을 간간이 도우면서 서영이를 직접 돌보았다. 서영 엄마는 아이를 낳기 전에 하던 일에 복귀했다.

"답답하지 않아?"

자칭 백수가 되어 회사 앞으로 점심을 먹으러 온 준호에게 물었다.

"괜찮아. 나름 바빠. 이것도 완전 풀타임이더라고. 언어 치료니 재활 치료니 돌다 보면 하루가 훌쩍 지나가. 애 엄마가 나보다 잘 벌잖아. 나야 수입이 들쑥날쑥했고. 서영이한테 들어가는 돈이 만만치 않으니 그편이 경제적으로도 훨씬 낫지."

"지현 씨가 나가서 일하고 싶어 했구나."

그녀를 이기적이라고 나무랄 순 없었지만 준호도 자기가 하던 일을 무척 좋아하고 자랑스럽게 생각해왔으니까.

"애 엄마가 그동안 고생 많이 했으니까. 스물네 시간 아이만을 바라보고 사는 엄마가 꼭 좋은 엄마는 아니잖아. 아내도 자기 인생을 포기하지 않았으면 좋겠어."

그럼 네 인생은 어떻게 되는 거냐고 묻고 싶었다. 하지만 홀가분해 보이는 얼굴을 마주한 채 차마 그런 질문을 던질 순 없었다. 한편으로는 여자인 내가 오히려 더 고루한 고정관념에 갇혀 있는 것 같아서 부끄럽기도 했다. 식사를 마치고 헤어지면서 내게는 쓰린 느낌만이 남았다. 그가 나와 선을 그으며 자기 가족을 두둔하던 모습이 오래도록 가슴에 남아 예리한 칼에 베인 것처럼 아팠다.

그러나 불길한 예감은 비껴가지 않았다.

서영이가 유치원에 들어가고 얼마 지나지 않아서 준호가 덤덤하게 토로했다.

"서영 엄마가 지난 반년간 다른 사람을 만났나 봐. 내가 알고 있다는 걸 말해야 할지, 말아야 할지 잘 모르겠어."

상대는 준호도 얼굴을 알고 있는, 같은 법률사무소에 다니는 동료였다. 준호는 남 일 이야기하듯 무덤덤했다.

"그런데 왜 같이 살아?"

또 한 번 그 질문이 튀어나왔다. 화가 치밀어 올랐다.

"내 잘못도 있어. 그 사람은 아이를 하나 더 낳고 싶어 했거든. 나는 차마 그렇게는 못 하겠더라고. 부모는 장애가 있는 아이를 더 챙길 수밖에 없으니 둘째 아이는 상대적으로 관심을 받기 어려울 거야. 좀 더 커서 둘째한테 언니나 누나를 돌봐야 하는 부담을 지우고 싶지도 않고. 그리고 솔직히… 겁이 났어. 내가 건강한 둘째 아이를 더 좋아하게 될까 봐. 그래서 몰래 정관수술을 받았어. 그 사실을 알고 나서 그 사람이 많이 힘들어했고."

"그래도 그렇지, 어떻게… 그럴 수가 있어?"

네가 물러터져서 제멋대로인 와이프에게 휘둘리는 거 아니냐고 쏘아붙이고 싶은 것을 간신히 참았다.

"너는 이해하기 힘들 거야. 아니, 모르는 게 당연하지."

그것은 나에게 가장 상처가 되는 말이었다.

가족은 제아무리 지옥 같아도 타인이 절대 재단할 수 없는 신성한 그 무엇일까. 준호는 내게 의견을 묻는 척했지만 처음부터 결론을 내리고 있었던 것이다. 얼마 지나지 않아 지현 씨가 직장을 옮겼다는 소식을 들었다. 그 뒤로 준호가 뭐라고 하소연하든 그들의 결혼 생활에 대해서는 함구했다. 내가 모르는 것은 지극히 당연했지만 그걸 준호의 입을 통해 확인하는 일은 상처가 됐다.

"아빠. 아빠."

서영이가 엉거주춤한 자세로 뒤뚱거리며 걸어왔다. 바지에 둥근 얼룩이 남아 있었다. 놀다가 신이 나서 속옷을 적신 모양이었다.

"이 녀석, 한동안 안 그랬는데…."

준호는 예상치 못한 상황에 난처해했다. 아빠가 미간을 찡그리자 서영이가 불안해하며 안절부절못했다.

"기다려봐."

준호가 서영이를 안심시키는 사이 아까 옷을 고른 매장으로 달려가 속옷과 양말을 사 왔다. 쇼핑백에서 새로 산 하트 무늬 고무줄 바지도 꺼내 들었다. 나는 서영이를 데리고 옥상정원 구석에 위치한 여자 화장실로 갔다. 공간이 넓은 아기 동반 칸으로 들어가 서영이의 하의를 벗기고 가방에서 꺼낸 물휴지로 소변이 묻은 허벅지와 사타구니를 닦아냈다.

"서영아. 괜찮아. 네가 잘못한 게 아니야. 누구나 그럴 수 있어."

서영이가 아까보다는 진정된 표정으로 나를 뚫어지게 쳐다보았다.

"혹시 한 번 더 쉬할래?"

아이가 시원하게 일을 못 봤을 수도 있겠다는 생각이 들었다. 서영이는 고개를 좌우로 흔들었지만 차가운 물휴지가 몸에 닿자 부르르 떨면서 방광에 남아 있던 소변 몇 방울을 흘려보냈다. 나는 다시 한번 몸을 닦아주고 새 속옷과 바지를 입히기 전 성기 주변에 후후 바람을 불어주었다. 간지러운지 아이가 까르르 웃음을 터뜨렸다.

"자, 여기 한 발씩 넣어보자. 서영이는 하트 무늬 좋아해?"

서영이가 발을 집어넣기 편하게 속옷을 최대한 벌려주었다. 엄지발가락과 두 번째 발가락 사이가 눈에 띄게 벌어져 있는 작은 발이 속옷의 구멍 부분을 찾아 들어갔다. 양말을 신기고 바지까지 입히자 서영이가 조금 더듬으며 '고오마압습니다'라고 해주어서, 그 모습이 너무 사랑스러워서 아이를 와락 안았다. 서영이는 어서 잔디밭으로 나가고 싶은지 내 품을 빠져나가려고 버둥댔다. 아이를 먼저 내보내고 뒷정리를 마저 했다.

"너… 요새도 변비니?"

밖으로 나오자 준호가 학생 시절에 그랬던 것처럼 짓궂게 놀렸다. 그저 웃어주고 말았다.

"네 마음은 어때? 이제 좀 괜찮아졌어?"

이번에는 그가 진지한 표정으로 물었다. 서영이는 잔디밭에서 아까처럼 하늘을 보며 빙글빙글 돌고 있었다.

"내가 그만두자고 한 건데, 뭘."

"에이… 그래도 사람 마음이 또 그렇지가 않지. 힘들면 힘들다고 말해도 돼."

"안 힘들어."

과거가 되어버린 남자는 더 이상 나를 힘들게 할 수가 없어, 라고 속으로 되뇌었다. 한때 네가 그랬던 것처럼.

"그래, 잘했어. 사실 그분 마음에 들지 않았거든. 네가 아깝다고 생각했어."

어처구니없었지만 그냥 넘어갔다. 그건 내가 한때 준호에게 건넨 말이기도 했다.

"그리고 요즘 시대엔 결혼하지 않고 혼자 사는 것도 나쁘지 않지."

햇살이 눈부신지 준호가 이마 위로 손차양을 만들었다.

"결혼한 애들이 그런 식으로 말하는 거 정말 지겨워."

나는 힐끗 그를 쳐다보며 쏘아붙였다.

"진심이야."

그럼 너야말로 혼자 살면 되잖아, 라고 대꾸해주고 싶었다. 하지만 그는 자신의 결혼 생활을 포기하지 않을 것이다. 그럴 마음이 요만큼도 없음을 수차례의 반복 학습을 통해 겨우 소화시켰다고 생각했는데 어느새 또 같은 말을 하려고 했던 것이다.

"그래, 사랑이 없어지면 대신 자유가 생겨서 좋지."

진심이었는데 준호가 안쓰럽게 나를 바라봤다.

그날 밤은 평소보다 일찍 잠을 청했다. 내 인생은 어디로 향하고 있는 걸까. 하지만 그런 추상적인 주제를 깊이 생각하기에는 너무 피곤했다. 눈을 감으니 순식간에 잠이 나를 지배했다. 다음 날까지 실컷 늦잠을 잤다.

* * *

점심 먹을 시간이 다 되어 눈이 뜨였다. 오전의 근력 운동을 놓쳐 자책감이 들었지만 남은 일과를 평소대로 수행

하면 된다고 스스로를 다독였다.

토스트와 우유로 간단히 허기를 채우고 평소보다 꼼꼼히 치실을 사용한다.

수분 팩을 붙인 채로 세탁기와 청소기를 돌린다.

걸어서 10여 분 거리인 농수산물 시장에서 일주일 치 식자재를 사 온다.

신선한 채소와 생선으로 오븐 찜 요리를 만든다.

부엌 테이블 앞에 앉아 노트북으로 미드를 보면서 저녁 식사를 한다.

식사 후에 재활용 쓰레기를 버리러 나갔다 온다.

일요일에 해야 할 일은 그걸로 끝이었다.

나는 재활용 쓰레기를 항목별로 분류한 뒤 대용량 비닐봉지에 나눠 담았다. 양손 가득 들고 현관을 나서려다 걸음을 멈췄다. 곧장 작은방으로 들어가 옷장에서 지난 1년간 한 번도 입지 않은 옷들을 골라냈다. 서재로 쓰는 방에 들어가서는 한구석에 쌓아두었던 책과 잡지도 끌고 나왔다. 이참에 버리기로 마음먹었다.

나에게 어울리지 않는 옷들.

다시는 들춰보지 않을 책들.

그리고 영원히 평행선을 그을 어떤 관계.

정말이지 버리기로 작정했으면서 왜 항상 나중으로 미뤘는지 모르겠다.

7층 집과 1층 분리수거장을 서너 차례 왕복했다. 우선 재활용 쓰레기를 버린 뒤 다시 올라가 책을 두 번에 걸쳐 낑낑 싸 들고 내려왔다. 누군가에겐 도움이 될지도 모르는, 제법 깨끗한 책이라서 폐지함 옆에 가지런히 쌓아둔 뒤 제일 위에 '필요하면 가져가세요'라고 적은 종이를 돌멩이로 고정해뒀다. 버리는 옷 중에는 큰맘 먹고 산, 고가의 울 코트도 있었다. 백화점 판매원은 이런 건 한번 장만해놓으면 평생 입을 수 있다며 추천해주었지만 지난겨울 한 철만 입었는데도 옷감이 삭아서 낡은 느낌이 들었다. 다만 내 기준으로는 큰돈 주고 산 게 아까워 버리질 못했다. 사람도 마찬가지로 그런 인간관계가 있지. 마지막으로 옷 꾸러미를 수거함에 집어넣고 나니 어느새 땅거미가 져서 어둑어둑했다. 홀가분한 기분이 들었다. 진작 할 걸 그랬어.

나는 호주머니에서 휴대폰을 꺼내 준호에게 전화를 걸었다.

"준호야, 나야."

"응, 어젠 잘 들어갔어? 서영이는 집에 오자마자 쓰러져

자더라."

누워 있다가 받았는지 그의 목소리가 잠겨 있었다.

"있잖아, 우리 말이야⋯ 이제 보지 말자."

수화기 너머에서 내 말뜻을 헤아리려는 그의 의지가 전달되어왔다. 침묵 속에 몇 분이 흘렀다.

"내가 너한테 실수한 거 있니?"

"아냐⋯ 그런 거 아냐."

"그럼 왜 갑자기 뚱딴지같은 소리야?"

"오래 생각했어. 이게 맞는 거야."

"⋯."

"잘 지내. 서영이 잘 키우고."

"야, 최영미."

준호는 침묵을 깨고선 내일 점심시간에 회사 앞으로 찾아오겠노라고 말했다.

"아냐, 오지 마. 와도 안 만날 거야."

인정해야 한다. 준호는 단 한 번도 내 사람이었던 적이 없었다. 최악의 상황을 다 겪으면서도 그 여자 곁에 머무르기로 했다면, 그것을 사랑이라 부르지 못한다면 무엇을 사랑이라 부를 수 있을까. 어쩌면 나는 상대의 최악을 견디지 못해서 헤어진 것은 아닐까. 혹은 나라는 사람은 단한 번도 누군가를 진심으로 사랑해본 적이 없었던 것은 아닐까.

휴대폰을 집어넣고 기지개를 켰다. 숨을 깊게 들이마시니 쌉싸름한 공기가 폐 안을 한가득 채웠다. 늦여름과 초가을의 경계에서 변덕을 부리던 바람이 어느덧 가을의 기운을 머금고 있었다. 슬픈 날은 지나가고 계절은 또 새로이 아름답게 돌아올 것이다. 당분간은 그립겠지만 조금 더 자유로울 것이다. 힘든 순간이 찾아와도 일상의 루틴을 지킨다면 곧 괜찮아지리라. 평정을 유지하는 가장 좋은 방법은 일상을 규칙적으로 사는 것임을 배우지 않았던가. 나는 괜찮을 것이다. 그런데 왜 온몸에서 힘이 다 빠져버리는 것일까.

아내가 들려 보낸 재활용 쓰레기를 버리고 나서 담배를 꺼내 불을 붙이려던 남자도, 뻐근한 어깨를 돌리며 공원으로 산책을 가려던 남자도, 뒤돌아선 채 휴대폰에서 그리운 이의 이름을 찾아 전화를 걸려던 남자도 동작을 멈추고 바닥에 주저앉아 우는 내 모습을 지켜봤다. 그들은 겁에 질린 표정으로 어쩔 줄 몰라 했다.

안경

소미는 남자 취향이 일관되게 분명했다. 그녀는 안경 쓴 남자를 한 치의 유보 없이 편애했다. 처음 사랑한 대상은 아빠였다. 유난히 짱구였던 아기 때 소미는 아빠의 금테 안경을 잡아 뺀 뒤 고작 성인 주먹 크기만 한 제 얼굴에 써 보려고 낑낑댔다. 엉성하게 걸치는 데 성공하면 안경 너머 세상은 빙글빙글 돌았다. 소미가 어지러워서 휘청거릴 때면 어김없이 아빠가 다가와 숨 막히게 꽉 안아주었다. 다정하고 든든한 그 얼굴에는 안경이 존재했다.

초등학교 1학년 때, 소미를 꼬집고 때리던 남자애를 물리쳐준 것도 맨 앞자리에 앉던 안경 쓴 남자아이였다. 말이 없고 소심해 보이던 그 아이가 다가와 손을 내밀었을 때, 소미의 눈에 제일 먼저 보인 건 영롱한 은테였다. 비록 아빠는 집을 나가고 그 남자아이는 전학을 가버렸지만 안경은 점차 소미의 무의식뿐 아니라 의식에도 가로놓였다. 소미는 안경을 안 쓴 남자에겐 매력을 느끼지 못할 지경에 이르렀다.

"그럼 대충 이 나라 남자의 절반은 무조건 좋다는 거잖아."

친구인 희주는 어이없어했지만 뒷모습이 쓸쓸해 보이는 남자가 이상형이라는 분이 할 말은 아니라고 생각했다.

소미는 꼭 안경이어야 하는 이유를 백 가지도 더 댈 수 있었다. 우선 특정 물건에 항시 의존해야 하는 태생적 취약함에 끌렸다. 섬세하고 절제된 손동작으로 안경을 다루는 순간에도 매료되었다. 무언가에 집중하며 콧등의 안경을 추켜올릴 때, 안경다리 끝을 입술에 대고 골똘히 생각에 잠길 때, 두 눈을 깜빡거리며 손수건이나 티셔츠 끝자락으로 안경알을 닦을 때, 그리고 사랑을 나누기 전 협탁 위에 안경을 벗어둘 때 소미는 그 남자를 조금씩 더 사랑했다. 사랑의 행위 도중에 기어코 속속들이 살펴봐야겠다며 팔을 뻗어 다시 안경을 찾아 낄 때의 엉큼함조차도. 어느덧 시간이 흘러 아픈 이별이 찾아오면 소미는 충분한 애도를 거치며 그들을 보내주었다. 살아 있는 한 언제고 다시 만날 수 있을 테니까. 말하자면 이렇게.

＊　＊　＊

　푹 무르익은 봄밤. 소미는 동네 서점에서 희주와 만나기로 했다.

　"내가 진짜 좋아하는 시인이야. 오랜만에 하는 낭독회니까 꼭 와야 해."

　시에 별 관심은 없었지만 희주의 당부 때문에 퇴근 후 부랴부랴 서점을 찾았다. 2층 홀에 마련된 의자에 앉아 있는데 희주가 못 가게 되었다며 싹싹 비는 이모티콘을 보내왔다. 소미가 자리에서 일어나 나가려고 할 때 사회자가 착석해달라는 멘트를 했다. 꼼짝없이 다시 앉을 수밖에 없었다. 회사 일로 여러 행사를 진행해본 소미는 참석자가 적을 때 주최 측이 느낄 당혹감을 짐작할 수 있었다. 안쓰러운 마음에 머릿수 하나라도 채워주기로 했다. 최소한 누구인지는 알아야겠다 싶어서 고개를 숙이고 휴대폰으로 시인을 검색해봤다. 그는 시인이면서 동시에 병원 중환자실에서 근무하는 간호사였다. 과연 그렇군. 소미는 휴대폰을 가방에 집어넣고 고개를 들었다.

　그때 소미의 눈에 안경 쓴 남자가 포착됐다. 우측으로 대각선 맨 앞자리에 부드러운 곡선의 카페오레 색 안경을 쓴 남자가 앉아 있었다. 안경은 최소한의 구조로 결합되어 있었고, 코 받침 없이 가볍게 콧등에 얹힌 브리지가 더없이 간결했다. 자연스럽게 헝클어진 반곱슬의 갈색 머리에 연회색 스웨트셔츠와 카키색 팬츠, 흰색 테니스화 차림이었다. 그는 등을 곧추세운 채 성의 있는 자세로 시인의 낭독에 귀 기울이고 있었다. 간혹 고개를 끄덕이기도 하면서. 소미는 그 모습에 흐뭇함을 느꼈다.

낭독이 끝나자 사회자가 마이크를 붙잡고 질의응답 시간으로 넘어가겠다고 말했다. 그가 들뜬 목소리로 말을 마치자 참석자들은 약속이라도 한 듯이 일제히 고개를 숙였다. 학창 시절 선생님의 질문을 피하려고 책상에 시선을 모으는 분위기였다.

"질문 없으신가요? 이런 기회가 흔치 않은데요…."

장내에는 팽팽한 긴장감마저 감돌았다. 소미는 자꾸 몸이 배배 꼬였다. 이 중압감이 어쩐지 남의 일 같지 않았다. 하는 수 없이 그녀가 번쩍 손을 들었다.

"간호사라는 본업이 시를 쓰는 데 어떤 영향을 미친다고 생각하시는지요?"

즉흥적으로 생각해낸 질문이었지만 시인은 입가에 엷은 미소를 띤 채 고개를 끄덕여주었다.

"아무래도 직업 특성상 삶과 죽음의 경계랄까, 그런 순간을 많이 보게 되지요. 대부분 죽으면 끝이라고 생각하잖아요. 저는 병원에서 일하다 보니 죽음이 일상이기도 하고요. 그런데 시를 쓰게 되면서 달라지더라고요. 죽음에 이르게 되더라도 존재는 반드시 어딘가에 머무는구나 싶어요. 절대로 끊어지지 않는 것들이 있어요. 이를테면 사랑하는 사람이 세상을 떠나더라도 그와 함께했다는 감각은 영원히 남잖아요. 반대로 증오 같은 감정도 마음 한구석을 차지한단 말이죠."

잠시 그녀가 말을 멈추더니 물을 한 모금 마시고 다시 이어갔다.

"언젠가… 시를 쓰다가 이게 안경을 쓰는 일과 비슷하다는 생각이 들었어요. 안 보이는 것이 보이게 되는 신비랄까, 새로움을 경험하게 되니까요. 그러고 보니 안경과 시는 '쓰면 보인다'는 공통점이 있군요."

참석자들 사이에서 탄성이 흘러나왔다. 평범한 질문이었는데 어쩌면 저렇게 특별한 표현으로 답할 수 있을까. 특히 시 쓰기를 안경에 비유했을 때는 소미의 입가에도 잔잔한 미소가 걸릴 수밖에 없었다.

고무된 분위기에 사회자는 다음 질문을 받겠다고 나섰

지만 불행히도 홀 안은 금세 다시 정적에 휩싸였다. 아무리 독려해도 더 이상 질문이 나오지 않았다. 몇 분이 영원처럼 흐를 무렵, 앞쪽에서 상냥한 목소리가 들려왔다.

"일을 병행하면서 꾸준히 시집을 내고 계신데 힘들진 않으신가요? 혹시 일을 그만두고 전업으로 시를 쓸 생각은 없으신지 궁금합니다."

"전업 시인이 되면 굶어 죽기 딱 좋아요."

시인의 대답에 홀 안에 웃음이 터져 나왔다.

"저는 스스로를 노동자라고 생각하는데요. 노동자는 자기가 일해서 먹고사는 사람이잖아요. 그런 환경에서는 누구도 제게 시를 쓰라고 강요하지 않아요. 책을 읽으라고 권하는 사람도 없고요. 다들 여유가 없거든요. 몸의 피로가 감정에 소비할 여력 자체를 빼앗아갑니다. 그런 환경이니까 더더욱 시를 쓰는 삶과 일하는 삶, 이 둘을 병행하고 싶은 욕심이 커요. 제 시가 누구보다도 몸으로 자기 삶을 정직하게 증명해온 분들에게 읽히기를 바라고요. 그러려면 진짜배기 시여야 해요. 가짜로는 마음을 움직일 수 없습니다. 오직 진짜만이 마음을 꿈틀거리게 하죠. 힘들어도 그 믿음으로 계속 써나가고 있습니다."

어느새 장내가 고요해졌다. 내내 집중하지 못하던 소미

도 숨을 죽인 채 시인의 말에 귀 기울였다. 사람들의 입가에 잔잔한 미소가 오래도록 머물렀다.

* * *

"두 분 잠시만요."

사람들이 밖으로 나가는데 출판사 담당자가 소미와 안경 쓴 남자를 불러 세웠다.

"아까 질문해주셔서 너무 감사했어요. 작은 선물을 준비했는데 깜빡하고 차에 두고 와서… 잠시만 기다려주시겠어요?"

담당자는 몇 번이나 기다려달라고 당부한 뒤 사라졌다. 두 사람은 얼떨결에 우두커니 서서 기다렸다. 홀이 텅 비고 나서야 담당자가 양손에 꾸러미를 들고 나타났다. 작은 선물은 결코 작지 않았다. 저희 출판사에서 나온 신간들이에요, 라는 인사말과 함께 묵직한 에코백이 소미와 남자의 손에 들렸다. 소미는 남자와 앞서거니 뒤서거니 하며 계단을 내려왔다. 슬쩍 에코백을 들춰보니 책이 일곱 권이나 들어 있었다. 선물이야 고맙지만 이 무거운 걸 어떻게 집까지 들고 간담. 소미는 저도 모르게 한숨을 내쉬며 고개를 절레절레 흔들었다. 얇은 리넨으로 된 에코백은 당장이라도 찢겨나갈 기세였다.

"무거운데 이리 주세요."

고개를 드니 카페오레 안경을 쓴 남자가 오른손을 내밀고 있었다. 소미가 고심하는 사이 그는 손을 뻗어 에코백의 손잡이를 부드럽게 잡아챘다.

"작업실이 근처거든요. 버스를 타실 거면 정류장까지, 지하철을 타실 거면 역까지 들어다 드릴게요."

"저도 근처에 살아요. 좀 가야 하지만."

소미의 집은 택시를 잡아타긴 가깝고 걷기엔 애매하게 멀었다.

"그럼 큰길까지 들어다 드릴게요. 참, 아까 먼저 나서서 질문하신 거, 보기 좋았어요."

남자가 부드럽게 미소 지으며 말했다. 예기치 않은 칭찬에 소미의 가슴이 두근댔다. 말할까 말까 하다가 말 못 할 이유도 없다고 생각했다.

"사실 전 그분 시를 읽어본 적도 없어요. 친구가 신청했는데 갑자기 못 오게 되어서요. 아까는 아무도 질문을 안 하니까 너무 신경 쓰이고 민망해서…."

소미는 긴장한 채 횡설수설했다.

"마음이 따뜻해서서 그래요."

남자가 다정한 목소리로 말했다. 두 사람 사이에 나비 한 마리가 날아든 것 같았다. 소미는 가슴속이 간지러워서 남자를 똑바로 바라볼 수 없었다. 겨우 고개를 드니 사려 깊은 눈빛이 안경 안에서 반짝이고 있었다. 봄바람이 그의 앞머리를 살랑살랑 흔들어댔다.

"저야말로 그 낭독회에 초대받은 사람도 아니에요."

"네?"

"저녁때 산책하면서 서점에 자주 들르는데, 오늘은 2층이 시끄럽기에 올라가봤다가 얼떨결에 붙잡혔어요. 심지어 앞쪽이 비었다고 맨 앞자리에 앉히고…."

그가 말끝을 흐리면서 피식 웃었다. 덩달아 소미도 웃음을 터뜨렸다.

"제가 소심해서 거절을 잘 못 하거든요. 앞자리가 비면 시인이 얼마나 속상할까 걱정되기도 하고."

"그런데 질문은 어떻게 하셨어요?"

"먼저 질문하시는 모습을 보고 용기 내봤어요. 평소라면 가만있을 거예요."

남자가 지그시 소미를 바라보며 말했다.

"어쩌면 그 시인은 저희가 시집을 안 읽었다는 걸 이미 눈치채셨을지도 몰라요."

두 사람은 소곤소곤 그날 밤의 비밀과 공통점들을 공유했다.

잠시 뒤 큰길이 나왔다. 소미는 어쩐지 마음이 가라앉았다. 이제 말을 삼키며 등을 돌리고 달아오른 마음을 식혀야 했다.

"이만 가볼게요. 조심히 들어가세요."

소미가 먼저 작별 인사를 했다. 성격이 급해 뭐든 서둘러 해치우고야 마는 자신이 문득 서글퍼졌다.

"네, 조심히 들어가세요."

남자도 인사를 건넸다. 그는 소미가 가는 걸 보고 가겠다는 듯이 가만히 서 있었다.

"아, 저기…."

소미가 몸을 돌리려는 찰나, 그가 다시 불러 세웠다.

"저희 통성명도 안 했네요. 이정우라고 합니다."

"저는 한소미라고 해요."

두 사람은 마주 보며 고개를 끄덕였다.

"오늘 뵙게 돼서 반가웠어요."

"저도요. 안녕히 들어가세요."

이제는 헤어져야 할 시간이었지만 다음을 기약할 순 없

었다.

 소미가 먼저 몸을 돌렸다. 그녀는 깊게 숨을 들이마신 뒤 걸음을 뗐다. 그의 눈빛이 어른거렸지만 어쩔 수가 없었다. 이제 어른이니까. 안경 쓴 남자만 보면 가슴이 뛰던 시절은 차차 멀어져가겠지. 나도 이젠 철이 들어가는 거겠지. 가슴 한편이 시큰거렸다.

 집 근처에 다다르자 빌라 담벼락을 가득 메운 들장미 넝쿨이 밤길을 비추며 소미를 마중했다.
 몸과 마음에 얼마나 여유가 없었으면 장미 피는 것도 모르고 지나쳤을까. 제일 좋아하는 꽃인데…. 소미는 눈을 감고 들장미 더미에 얼굴을 파묻었다. 향긋한 장미 향에 취하고 싶었다. 조금만 더. 조금만 더. 아쉬운 마음을 달랠 길이 없었다. 누군가 자신의 이름을 부르지 않았더라면 몇 시간이고 들장미 넝쿨에 얼굴을 파묻고 있었을지도 모른다.
 "소미 씨."
 눈을 떠보니 성우가 가쁜 호흡을 고르고 있었다. 그제야 소미는 자신의 책 꾸러미를 그가 들고 가버렸다는 걸 알아차렸다. 그는 땀이 나는지 자꾸만 미끄러지는 안경테를 거듭 추켜올렸다. 소미는 그 손짓을 아련한 감정으로 지켜봤다.

"출판사에 연락처를 물어볼까 하다가 그쪽에서는 친구분 연락처만 가지고 있을 것 같아서요. 괜히 이거 때문에 뵙자고 하면 부담스러워하실 것 같고…. 무작정 뛰어와봤어요. 찾아서 다행이에요."

장미 향이 그녀를 붙잡아두지 않았더라면 두 사람은 만나지 못했을 것이다. 분명 희주는 자기 이름으로 신청했을 테니까.

"그런데 제가 잘못 생각한 게 아닌가 싶네요."

정우가 수줍은 표정을 지었다.

"네?"

그가 장미 넝쿨 앞으로 한 발짝 더 가까이 다가왔다. 가로등 불빛 아래 두 사람의 그림자가 포개졌다.

"이걸 드리고 나면 다시 뵐 수 있는 핑계가 없어지니까요."

정우의 말에 소미의 뺨이 5월의 들장미처럼 붉게 물들어갔다. 소미는 안경 쓴 남자와 사랑에 빠지지 않을 도리가 없었다.

치앙마이

치앙마이 구시가지에 위치한 이 별 세 개짜리 호텔의 수영장은 보석으로 치면 투르말린 빛깔이었다. 검은색에 가까운, 깊고 짙은 녹색. 해수를 가져와 쓴다고 했다. 어쩐지 혀끝에서 짠맛이 났다. 바다를 끼고 있는 도시가 아닌데 가능한가 싶었지만 물은 청결하고 적당히 차가웠다. 오래된 호텔답게 수영장은 과하게 정직한 직사각형 모양에 딛고 내려가는 알루미늄 사다리도 없거니와 가장 얕은 곳도 수심이 1.45미터였다. 그래서인지 희진은 이곳에 묵은 뒤로 어린아이를 동반한 투숙객은 한 번도 보지 못했다.

낮에는 아무리 건기라도 30도를 웃돌았다. 구름 한 점 없는 파란 하늘에서 태양빛이 지글지글 피부를 태웠다. 한창 더울 때였지만 희진은 매일 이 시간 수영장에 나와 파라솔 아래 누웠다. 주로 건너편 벽돌담을 따라 담쟁이덩굴처럼 얽힌, 꽃잎이 종잇장처럼 얇은 진분홍색 나무를 바라봤다. 그러다 너무 덥다 싶으면 물속에 들어가서 평영과 배영을 번갈아 했다. 수영하는 게 지겨워지면 다시 올라와 뜨거운 태양 아래 몸을 말렸다. 그 외엔 딱히 아무것도 하지 않았다. 피부는 까맣게 탔고 어깨와 등은 이미 한 차례 허물이 벗겨진 터였다. 맞은편 가장자리에선 초로의 백인 남자가 벌겋게 익어버린 등을 드러내놓고 태평하게 낮잠을 즐기고 있었다.

주문한 아이스티를 자리까지 가져다준 수영장 관리인에게 건너편 꽃나무 이름을 물어보니 '부겐빌레아'라고 알려주었다.

"아름답지요? 꽃말은 영원한 사랑. 꽃잎은 약재로 쓰이기도 한답니다."

투숙객들이 흔히 하는 질문이었는지 관리인의 대답은 매끄럽고 거침이 없었다. 그는 치앙마이의 다른 꽃들에 대해서도 설명해주었다. 되도록 쉬운 영어 단어로 느리게 또박또박. 수영장에 손님이 적어서 심심한 모양이었다. 따뜻한 기후와 비옥한 땅에서 오랜 세월 풍요를 누려온 태국사람들은 대체로 온화하고 친절을 베푸는 것을 진심으로 기쁘게 생각하는 것 같았다.

* * *

 불과 보름 전, 희진은 방콕에서 신혼여행을 즐기던 새신부였다. 한 남자와 혼인 서약을 하던 풍경이 먼 과거의 일처럼, 혹은 깊디깊은 꿈속에서 벌어진 일처럼 그저 아득하게만 가슴속에 남아 있었다. 우려한 것과는 달리 막상 웨딩드레스를 입고 제단 앞에 섰을 때, 희진은 그날 자신이 세상에서 가장 행복한 여자임을 확신했다. 영욱에게는 두 번째 결혼식이었다. 그는 1년에 걸친 이혼소송 끝에 2년 전 이혼했다. 부부 사이는 전부터 소원했다고 한다. 그러나 보다 정직한 이유를 대라면 영욱이 희진을 만나 속수무책으로 사랑에 빠졌기 때문이었다. 전처는 죽어도 이혼은 안 된다며 버텼지만 끝내 헤어지지 못하는 두 사람을 지켜보다 제풀에 지쳐 도장을 찍어주었다. 처음 변호사를 통해 요구한 것과는 달리 위자료를 더 바라지도 않았다. 친정 부모님이 남겨준 유산이 넉넉하다고 들었다. 아무튼 일은 그렇게 되었다.

 "이젠 눈도 안 마주치려고 해. 완진히 미움받고 있어."

 희진은 같은 여자로서 그녀의 행동이 이해됐다. 다만 그것이 희미하게나마 애정의 잔상으로 느껴져 영욱의 말에 가슴이 저릿했다.

 관계 파탄의 책임이 영욱에게 있다는 점이 명시적으로 인정되어 딸 슬아의 친권은 전처에게 갔다. 영욱은 한 달에 한 번 딸아이를 만나는 조건에 동의했다. 희진은 아이의 친권을 포기하면서까지 자신과의 사랑을 지켜준 영욱에게 고마움과 미안함을 동시에 느꼈다. 합의를 모두 마치고 희진의 집에 온 그가 애써 태연하게 행동하는 모습을 보면서 왈칵 눈물을 쏟을 수밖에 없었다.

 "바보같이, 왜 울어."

 영욱이 희진의 등을 어루만지면서 눈물 뚝, 반복해서 귓가에 속삭였다. 딸아이가 울 때마다 이렇게 달래주겠구나. 희진은 눈물범벅이 된 와중에도 영욱이 한 아이의 아빠임을 새삼 통감했다. 어떤 흔적은 영원히 지워버릴 수가 없었다.

 막연히 상상만 하던 그의 딸이라는 존재를 처음 만난 것은 두 사람이 결혼 준비를 마무리할 무렵인 늦가을의 일요일이었다. 케이크 종류가 많아 아이가 무척 좋아한다는 뷔페에서 점심때 만났다. 어린 슬아는 제 아빠에게 일어난 변화를 완전히 이해할 수 없었다. 다만 뷔페에 와서 신난 마음과 낯선 희진을 대하는 데 따른 불편한 마음이 고루 섞인 표정이었다. 영욱의 전처가 여섯 살 아이에게 희진의 존재를 어떻게 이해시켰을지 상상하기 어려웠다. 희진은 아이의 적개심이 구체적으로 자신을 향한 것인지, 혹은 단순히 낯선 사람 일반을 대하는 태도인지 분간할 수 없었다. 그저 있는 그대로 받아내는 수밖에는. 다행히 아이는 희진이 사랑하는 남자를 빼닮아 있었다.

슬아는 식당에 도착하자마자 미리 와 있던 희진을 본체만체하더니 어서 음식을 가지러 가자고 제 아빠에게 보챘다. 아빠 손을 잡고 좋아하는 음식을 담아 온 뒤로는 식사에만 열중했다. 영욱이 희진에게 시선을 유도하며 '아빠의 친한 친구'라고 소개했다.

"그냥 아줌마라고 불러도 돼."

희진이 한껏 미소 지으며 말을 건넸다. 슬아는 희진을 빤히 쳐다보더니 이상하다는 듯 고개를 갸우뚱했다.

"그럼 이모 아니야?"

자신에게 잘해주는 여자들은 모두 그렇게 불렀을 테니 무리도 아니었다. 그러나 희진은 결코 아이의 이모가 될 수 없었다.

"이모는 아니야."

영욱이 단호한 어조로 타일렀다. 슬아의 눈빛에 실망과 혼란, 그리고 경계심이 가득했지만 호칭에 대한 이야기는 더 이상 이어지지 않았다.

그 뒤로도 몇 번이나 테이블을 왔다 갔다 하는 슬아 때문에 영욱은 수시로 자리를 비워야 했고 차분히 대화를 나눌 여유는 없었다. 희진은 외동딸 앞에서 쩔쩔매는 영욱의 모습이 낯설었지만 내색하지 않았다. 아이를 가질 생각이 없었기에 영욱을 이해해야 한다고 생각했다. 세상에는 혼자서 견뎌야만 하는 일들이 있는 법이니까. 희진은 자리로 돌아온 영욱에게 자신은 괜찮다는 뉘앙스의 눈빛을 보낸 뒤 아이가 오물오물 밥 먹는 모습을 말없이 응시했다. 곧 희진의 시선을 느낀 슬아가 고개를 치켜들어 마주보더니 다리를 덜덜 떨기 시작했다.

"슬아야, 그러면 안 되지."

아빠가 제재하자 진동은 더욱 거세져서 테이블 위의 그릇들이 달그락거릴 정도였다. 이내 날카로운 파열음이 울려 퍼졌다. 발밑으로 노란색 오렌지 주스와 뒤섞인 유리 조각이 어지럽게 흩어졌다. 희진은 이 일에 과하게 의미를 부여하지 않으려고 애썼다. 그저 유리잔 하나가 깨진 것뿐이라고 담담하게 받아들였다. 슬아는 그쪽으로 눈길도 주지 않은 채 고개를 숙이고 식사를 이어갔다. 그날 오후, 희진은 지독한 급체에 시달렸다.

* * *

 희진은 그날도 평소처럼 면 티셔츠와 반바지, 물통이 들어간 배낭에 샌들 차림으로 짜오프라야강 건너, 태국 최초의 서양식 국립 병원 안에 위치한 시리랏 의학 박물관을 찾았다. 거대한 병원 부지 안에 몇 동의 박물관이 있었다. 여전히 무더위가 기승을 부리는 오후였다. 원래 사람이 많이 찾는 곳은 아니라고 들었지만 폐관 시간이 가까워서인지 작은 인기척조차 들리지 않았다.
 첫 번째 전시실에 들어서자 족히 100평은 되어 보이는 공간이 펼쳐졌다. 에어컨 냉방이 세서 소름이 돋을 정도였다. 그 공간에 살아 있는 사람은 덩그러니 희진뿐이었다. 죽은 사람이라면 넘치게 많았지만. 갓난아이부터 노인에 이르기까지 연령대별 시체들이 특수 약품이 담긴 유리 케이스에 박제되어 촘촘히 전시되어 있었다. 언뜻 봐도 수백 구가 넘었다. 인체 전시라는 것을 알고 마음의 준비는 했지만 이 정도일 줄은 상상도 못 한 터였다. 말이 좋아 각종

표본 연구지, 거대한 시체 전시장에 가까웠다. 저 아기의 부모님은 어떤 마음으로 사랑하는 아이의 시신을 기증했을까. 희진은 전시물에 제대로 눈길도 주지 못한 채 옆에 달린 안내문을 읽는 데 집중했다. 태국은 윤회를 믿는 불교 국가라 죽음에 초연해서 사람들이 시신을 기증하는 일에 도리어 경의를 표한다고 적혀 있었다.

두 번째 전시실로 들어가니 이번에는 가지각색의 기형과 질병, 혹은 신체적 이상으로 사망한 사람들의 표본이 이어졌다. 두 개의 머리를 가지고 태어난 샴쌍둥이도 있었다. 희진은 가벼운 충격과 함께 연민의 감정을 느꼈다. 아무리 윤회한다고 해도 잔인한 운명이었다. 재빨리 다음 전시로 넘어가는데 낯선 형태가 눈길을 끌었다. 햄처럼 얇게 썰어놓은 고깃덩이가 켜켜이 단층을 이루며 줄에 매달려 있었다. 몇 걸음 물러서서 봐도 도통 정체를 알 수 없었다. 희진은 안내문으로 눈을 돌렸다. 이내 그녀의 몸이 충격으로 얼어붙었다. 그것 역시 사람의 몸이었다. 다만 머리끝에서 발끝까지 얇게 저며놓았을 뿐. 다시 보니 표본에는 시간의 흐름을 증명하기라도 하듯 군데군데 회갈색 진액이 흘렀다가 굳은 흔적이 남아 있었다. 희진은 얼른 손수건을 꺼내 입에 갖다 댔다. 헛구역질이 올라왔다.

등골을 따라 차디찬 기운이 흐르면서 가슴이 철렁 내려앉았다. 희진의 머릿속에 한 줄기 상상이 스쳐 갔다. 만에 하나 사람이 없는 줄 알고 직원이 문을 잠가버려 이 전시실에서 혼자 밤을 지새우게 된다면…. 갑자기 마음이 급해져 출입구 쪽으로 몸을 돌리려는데 옆에서 낯선 목소리가 들려왔다.

"태국에서 가장 악명 높은 살인마라네요."

희진은 다른 사람이 있다는 사실에, 그것도 모국어로 말하고 있다는 사실에 눈물이 날 뻔했다. 내가 한국 사람인 건 어떻게 알았지? 남자의 시선이 희진의 손에 들린 한글판 가이드북을 향했다. 그는 카키색 면바지에 흰색 셔츠를 입고 소매를 팔꿈치까지 걷어붙이고 있었다. 희진과 마찬가지로 샌들을 신고 배낭을 멘 채였다. 마른 체형에 키가 컸다.

"용감하시네요. 혼자 보기엔 전시가 센 것 같은데."

"그쪽도 혼자 오신 것 같은데, 뭘요. 이제 보기 시작하신 건가요?"

희진은 남자와 엇비슷한 속도로 관람하면 되겠다고 생각하며 내심 안도했다.

"아뇨. 전 다 보고 여기가 특히 인상 깊어서 다시 한번 둘러보는 중이었습니다."

"다른 곳도 볼만한가요?"

"음, 표본이 다양해요. 교통사고를 당한 시체, 칼에 찔린 시체, 둔기에 맞은 시체, 폭발로 몸 일부만 남은 시체…. 세계 어딜 가도 쉽게 보기 힘든 자료인 건 확실해요."

희진은 듣기만 해도 현기증이 났다. 그렇지만 여기까지 온 이상 물러설 수는 없었다. 대충 훑고만 오자.

"닫기 전에 빨리 봐야겠네요. 전 이제 막 시작했거든요."

남자가 손목시계를 보더니 대수롭지 않다는 듯이 툭 던졌다.

"그러셔야겠네요. 그런데 그거 아세요, 이 박물관에 귀신 나오는 거?"

희진은 마음속으로 비명을 질렀다.

건물을 나오자 뜨겁고 습한 기운이 훅 끼쳤다. 찜통더위가 그토록 반가울 수가 없었다. 두 사람은 주름이 자글자글한 노파가 운영하는 쌀국숫집에 들어갔다. 희진은 식욕이 없었지만 남자의 권유로 같은 메뉴를 주문했다. 이글거리는 열기는 여전하고 에어컨도 없어서 가만히 있어도 땀이 흘렀다. 남자는 자신이 뇌신경외과 의사이며 학회 참석차 이곳에 왔다고 말했다. 희진은 박사과정 논문 초고를 마친 뒤 머리를 식히러 온 참이라고 소개했다. 모락모락 김이 나는 쌀국수가 금세 자리로 옮겨졌다.

"우아, 맛있겠어요."

희진은 면과 고명, 개운한 육수까지 한 방울도 남김없이 그릇을 비웠다. 극심한 냉방과 공포로 굳었던 위장이 다시 살아 움직이는 느낌이었다. 남자는 한결 밝아진 희진을 보며 흐뭇한 표정이었다. 희진은 너무 먹기만 했나 싶어 먼저 말을 걸었다.

"인체 박물관은 왜 가신 거예요? 사람 몸은 지겹게 보실 텐데."

"태국 의술이 세계적으로 수준이 높기도 하고 여기만큼 희귀한 표본이 많은 곳도 없거든요. 물론 꽤 엽기적이지만."

"그런데 아까 귀신 얘기는 뭐예요? 정말 귀신이 나온대요?"

남자는 손등으로 입을 가렸지만 입가에 걸린 웃음기를 감추진 못했다.

"그럴지도 모르죠."

"그게 무슨….."

"사실은 농담이었어요. 죄송해요."

뭐지, 이 남자. 희진이 황당해하자 남자가 재빨리 말을 이어갔다.

"저는 희진 씨가 더 둘러보다가 나오실 줄 알았어요. 그렇게 바로 따라 나오실 줄은 몰랐죠."

말투에 장난기가 그득했다.

"아니, 그런 얘기를 듣고 어떻게…."

희진은 멋쩍음을 숨기려고 괜히 목소리를 높였다.

"실은… 혼자 밥 먹으러 가기 싫어서요. 같이 나와주셔서 좋았어요."

어느새 장난기는 사라지고 남자의 말투는 차분하고 진지했다.

가게에서 나온 뒤 두 사람은 함께 방콕 시내를 돌아다녔다. 외국인 관광객으로 북적거리는 명소 대신 가이드북에 나오지 않는 장소를 수소문해서 찾아가보았다. 둘 다 걸어 다니는 것을 선호했고 음식에 고수를 듬뿍 넣어 먹는 취향도 비슷했다. 걸으면서도 줄곧 대화를 나누었다. 그러다 지치면 시원한 아이스커피를 마시거나 현지인들이 주로 찾는 밥집에서 나풀거리는 안남미 밥과 고기 요리 한 접시, 그리고 샐러드에 맥주 한잔을 곁들여 식사를 했다. 먹고 마시면서도 대화는 끊이지 않았다. 영욱은 지적이면서 상냥했고, 희진은 호기심과 재치가 넘쳤다. 혼자서도 충분히 괜찮았던 두 사람은 같이 있을 때 더욱 즐겁다는 사실을 알게 되었다.

영욱의 방콕 체류 마지막 날 밤, 두 사람은 미리 예약해둔 식당을 찾았다. 짜오프라야 강가와 가장 가까운 테이블에 자리를 잡았다. 희진은 평소의 편한 차림 대신 연보라색 리넨 블라우스에 하얀색 면 스커트를 입고 굽이 낮은 뮬을 신었다. 영욱은 고급스러운 재질의 남색 재킷을 걸치고 갈색 로퍼를 신었다. 강에 띄운 연등에서 불꽃이, 테이블에서 촛불이 피어오르는 가운데 강기슭에 핀 야생화들이 미지근한 강바람에 흔들렸다. 그들은 와인 한 병을 나눠 마시며 새우볶음과 생선찜 요리를 먹었다. 늦은 밤 비행기라 영욱은 이미 체크아웃을 하고 프런트에 짐을 맡겨놓고 나왔다고 했다.

밤이 깊어질수록 바람이 조금씩 서늘해져서였을까, 두 사람은 와인 한 병을 비우고도 꽤 멀쩡했다. 희진은 차라리 취하면 좋겠다고 느꼈다. 디저트에 커피까지 마셨으니

다시 혼자로 돌아갈 시간이었다.

"희진 씨 덕분에 지난 사흘간 너무 즐거웠습니다."

영욱이 상체를 앞쪽으로 기울인 채 말했다.

"아까 택시를 불러달라고 부탁했어요. 숙소에 내려드리고 저는 바로 공항으로 갈게요."

"그냥 걸어가면 안 될까요? 평소처럼요."

희진의 말에 영욱이 멈칫했다. 서로를 향한 눈빛이 여느 때보다 깊다는 걸 확인한 두 사람은 거의 동시에 자리에서 일어났다.

희진이 묵는 호스텔은 그리 멀지 않았지만 가까운 것도 아니었다. 제대로 된 인도가 없어서 두 사람은 바짝 붙어 걸어야 했다. 깜깜한 밤하늘에 별들이 무수했고 때때로 이름을 알 수 없는 풀벌레들이 윙윙거렸다. 오토바이들이 굉음을 내지르며 아슬아슬하게 스쳐 지나갔다. 희진은 자신의 제안을 후회했다.

"죄송해요. 그냥 택시 탈걸. 저 때문에 괜히 고생하시네요."

영욱이 걸음을 멈추더니 가만히 희진을 응시했다.

"아니에요. 저도 같은 마음이었어요."

시선이 맞닿자 영욱은 단어 하나하나에 힘을 실어 말

했다.

"조금이라도 더 함께 있고 싶었어요."

영욱이 희진의 손을 잡았다. 호스텔이 가까워질수록 맞잡은 손에 힘이 실렸다. 한낮의 열기가 식었는데도 두 사람은 이따금 숨을 몰아쉬었다. 서로가 서로를 이미 사무치게 그리워하고 있었다.

건물 앞에서 희진이 영욱의 손을 잡아끌었다. 두 사람은 함께 희진의 방으로 들어갔다. 싱글 침대와 책상이 전부인 아담한 방이었다. 희진이 머리맡의 스탠드를 켜고 침대 끄트머리에 걸터앉았다. 영욱은 문에 기댄 채 희진을 바라보고만 있었다. 희진의 손이 블라우스로 향했다. 그녀가 스스로 단추를 하나씩 풀기 시작했다. 매끄러운 가슴이 드러났다. 영욱은 순간 눈을 감아버렸다. 미간을 찌푸린 채 꼼짝도 하지 않던 그가 희진에게 다가갔다. 그리고 몸을 숙여 그녀를 껴안았다. 희진이 그의 왼쪽 어깨에 기대 숨을 골랐다. 두 사람은 한동안 미동도 없이 그저 체온을 나누었다.

다시 몸을 일으킨 영욱이 희진의 블라우스에 손을 댔다. 그가 풀린 단추를 하나씩 잠가주었다. 이번에는 희진이 팔을 뻗어 그를 안았다. 아무도 입을 열지 않았지만 두 사람은 충분히 서로의 마음을 느낄 수 있었다.

 홀로 남은 방콕에서 희진은 내내 영욱을 떠올렸다. 함께 걷던 거리, 먹던 음식, 보던 풍경… 어딜 가든 그와 함께였다. 남은 기간 그리움은 더욱 깊어졌고 그만큼 그가 밉기도 했다. 터질 것 같은 마음을 안고 인천 공항에 도착한 날, 입국장의 무수한 인파 속에 영욱이 서 있었다. 희진에겐 주변 풍경이 지워져 아무것도 보이지 않았다. 오직 두 사람뿐이었다. 주체하기 힘들 정도의 열정과 보고만 있어도 가슴 아린 그리움이 복잡한 문제들을 단순화시켰다. 희진은 온 힘을 다해 영욱에게 달려갔다.

 "사랑하는 사람이 생겼어."
 영욱은 아내를 속이고 싶지 않았다. 마음만 먹으면 다른 남자들처럼 적당히 아내의 눈을 피해 희진을 만날 수도 있겠지만 그는 자기 자신을 포함해서 누구도 속이고 싶지 않았다. 용기를 내서 아내에게 가진 것을 다 포기하겠노라고, 이혼하고 싶다고 말했다. 그러고 나서는 집을 나와 병원 근처에 작은 월셋집을 얻었다. 한참 후에 아내가 이혼을 받아들이고 나서야 영욱은 희진을 안았다. 처음으로 같이 밤을 보낸 날, 두 사람은 몸을 섞으면서 조금 울었다.

* * *

 희진과 영욱은 퍼즐을 처음부터 다시 맞추듯이 방콕을 신혼여행지로 정했다. 그리고 꼭 붙어 방콕 시내를 걸어 다니면서 추억을 회상했다. 영욱은 연신 희진의 뺨을 쓰다듬었다. 난생처음 사랑에 빠진 소년 같았다.
"누군가를 이렇게까지 좋아할 수 있으리라고는 생각 못 했어."
 그들은 다른 신혼부부들처럼 유명 관광지를 둘러보았다. 북적거리는 인파 속에서 손을 맞잡고 이리저리 밀려다니는 것 또한 나름의 재미가 있었다.
 넷째 날 두 사람은 아침 일찍부터 두 시간 거리의 시장과 수상 가옥을 둘러보고 왔다. 장거리와 무더위에 지쳐 식사는 객실 냉장고에 있던 열대 과일로 때우고 일찌감치 잠을 청했다. 희진은 비몽사몽간에 휴대폰 벨 소리를 들었다.
"응, 말해."
 잠에서 깬 영욱이 갈라진 목소리로 전화를 받으며 화장

실로 들어갔다. 곧이어 문을 잠그고 수돗물을 트는 소리가 들렸다. 몇 분 뒤 영욱이 화장실에서 나와 아무 일도 없었던 것처럼 침대에 누웠다. 희진은 등을 돌린 채 벽을 보고 있었다. 불현듯 쓸쓸한 감정이 솟구쳤다. 이대로 못 들은 척 잠을 청한다면 눈을 떴을 때 모든 게 꿈속의 일로 정리될지도 몰랐다. 하지만 확인해야만 했다.

"어디서 온 전화야?"

"깼어?"

영욱이 몸을 돌려 희진을 끌어안았다.

"무슨 일인데?"

영욱은 습관처럼 희진의 뺨을 어루만지며 말했다.

"신경 쓸 것 없어. 아무 일도 아니야."

희진은 영욱의 목소리에서 초조함을 감지했다.

"말해줘. 나한테는 뭐든 숨기지 않기로 했잖아."

영욱이 한숨을 내쉬며 몸을 일으켰다.

"슬아가 교통사고가 나서 응급실에 있대. 혹시 머리를 다쳤을지도 몰라서 검사 중인가 봐. 아직 깨진 않았고."

놀란 희진이 자리에서 일어났다.

"가봐야 하는 거 아니야?"

한동안 정적이 흘렀다. 희진은 그쪽을 보지 않고도 영욱이 수심 어린 표정을 짓고 있으리라는 걸 알 수 있었다.

"애 엄마 있는데, 뭘. 내가 간다고 해서 상황이 달라질 것도 아니고. 결과 나와봐야 알겠지만 크게 별일은 아닌 것 같아."

영욱이 웅얼거리듯 말했다. 애 엄마, 라는 말이 희진의 가슴에 비수처럼 꽂혔다. 양육권을 갖고 갈 땐 언제고 왜 이럴 땐 전남편을 찾는 거지. 신혼여행 중이라는 거 알고 일부러 더 그러는 건가. 화가 났지만 그 마음을 드러낼 순 없었다. 희진의 눈치를 살피던 영욱이 다시 입을 열었다.

"미안해. 그런데 조금만 이해해줘. 슬아 엄마가 도움을 청할 데가 나밖에 없어. 부모님도 다 돌아가신 데다가 형제도 없고 혼자서는 뭘 해본 적이 없는 사람이야. 내가 병원에서 일하기도 하니까."

아이가 지금 영욱의 병원에 있겠구나. 집에서 먼데도 일부러 그쪽으로 갔구나. 희진은 듣지 않아도 돌아가는 상황을 알 수 있었다. 그때 또 다른 벨 소리가 침묵을 깼다. 영욱이 벌떡 일어나서 전화를 받았고 이번에는 자리를 옮기지 않았다.

"어. 그래. 알았어. 잘됐네. 응. 응."

침대 주변을 서성이던 영욱이 두어 번 고개를 끄덕이더

니 전화를 끊었다.

"괜찮대?"

"응. CT 결과도 이상 없대. 이마에 타박상만 입었나 봐."

영욱은 어느새 아빠의 얼굴을 하고 있었다. 희진은 그 얼굴이 매번 낯설었다.

"다행이네."

애써 웃어 보였지만 영욱의 표정에는 여전히 영문 모를 어둠이 짙게 깔려 있었다.

"왜… 또 무슨 문제 있는 거야?"

"…슬아가 깨어나더니 계속 아빠를 찾는대."

그가 힘없이 침대에 걸터앉아 두 손으로 얼굴을 감쌌다. 양쪽 어깨가 축 늘어졌다. 희진이 등 뒤에서 그를 끌어안고 위로를 건넸다.

"괜찮아?"

"응, 이상 없다고 하니까 긴장이 풀렸나 봐."

거짓말. 희진의 팔에 힘이 들어갔다. 자신을 배려한 선의의 거짓말이었다. 영욱은 전혀 괜찮지 않았다. 묻지 않아도 알 수 있었다. 그 사람을 너무나 사랑하면 원치 않아도 절로 알게 되는 것들이 있었다. 갑자기 방 안의 공기가 갑갑하게 느껴졌다.

"서울 가는 비행기 편 알아봐."

"뭐?"

"새벽에 출발하잖아. 성수기도 아니니까 자리 하나쯤은 있을 테고."

"진심이야?"

"애가 걱정될 거 아냐."

"그야 그렇지만…."

"어차피 내일모레 귀국이잖아. 고작 이틀 먼저 들어가는 건데, 뭐."

영욱이 잠시 생각에 잠겼다.

"그럼… 같이 갈까?"

그의 표정이 진지해서 희진은 더욱 황당했다. 그녀가 고개를 좌우로 흔들며 단호하게 말했다.

"난 더 쉬다가 들어갈 테니까 걱정하지 마."

영욱이 조심스레 물었다.

"괜찮겠어? 아, 아니다. 이러면 안 되지. 그쪽 문제는 해결됐다니까 잊어버려. 미안해. 괜히 나 때문에…."

희진은 영욱의 말을 듣다 말고 중간에 일어섰다.

"얼른 전화해서 자리 알아봐."

희진은 옷장 금고에서 영욱의 여권과 항공권을 꺼내 그에게 건넸다. 그리고 항공사에 전화해서 빈자리를 문의했다. 일단 공항에 와서 스탠바이를 걸어두면 한 자리쯤은 날 수 있다는 게 직원의 설명이었다. 신속한 처리 와중에 영욱은 옷을 갈아입고 짐을 챙겼다.

"말은 저렇게 해도 자리 없을 거야. 그냥 돌아올 공산이 커."

영욱이 애써 무덤덤하게 말했다.

"돌아와주면 나야 좋지."

유쾌하게 답했지만 희진은 별반 기대하지 않았다. 만약 돌아온다면 그것은 그가 아예 공항에 가지 않았다는 의미겠지. 영욱은 배낭을 멘 채 뭉그적거리면서 좀처럼 방을 나가지 않았다.

"뭐 해. 어서 가!"

희진이 영욱의 등을 떠밀었다. 그는 방문이 닫히기 전 희진을 으스러지게 껴안았다.

"사랑해."

영욱이 희진의 정수리에 코를 박고 애틋하게 속삭였다. 희진은 가슴이 무너져 내렸다. 그가 사랑이라는 단어를 직접 언급한 것은 그때가 처음이었다. 그 상황에서 입

밖으로 나온 사랑한다는 말이 그 전까지 말없이 전해지던 감정을 온통 부정하는 것만 같았다. 차라리 아무 말도 하지 말지.

  다음 날 오후 늦게 일어나보니 영욱으로부터 세 통의 전화와 두 통의 이메일이 와 있었다. 이메일을 열어볼 의지도, 괜찮은 척하며 통화할 기력도 남아 있지 않았다.

  희진의 머릿속에 여러 장면이 스쳐 지나갔다. 세 사람이 재회하는 모습. 아빠가 딸의 곁에서 한시도 떠나지 않는 모습. 죽을 떠먹이는 모습. 요구르트에 빨대를 꽂아주는 모습. 그런 부녀를 지켜보는 엄마와 담당 주치의가 왔을 때 소견을 듣는 아빠. 주치의가 떠나고 엄마, 아빠가 조곤조곤 상의하는 모습. 서로 번갈아 딸을 지키는 모습. 다시 아기가 되어 엄마, 아빠에게 어리광을 부리는 아이…. 상상 속 풍경들은 그간 희진과 영욱이 쌓아온 사랑의 역사를 한순간에 무위로 돌려놨다. 가족 앞에 연인의 사랑 따윈 아무것도 아니었다. 아이가 있는 가족만큼 확고부동한 지위를 가진 형식과 제도가 없었다. 힘든 일이 생길수록 가족은 더욱 군건한 결사체가 되어갔다. 아빠가 보고 싶다는 어린 소녀의 바람을 누가 외면할 수 있을까.

영욱은 당분간 미안한 표정을 하고 신혼집으로 귀가할 터였다. 희진은 그런 영욱을 볼 자신이 없었다. 귀국이 고역스럽게 느껴졌다. 한때는 너무나도 사랑한 나머지 그가 자신의 것이 될 수 없다는 데 절망했다. 이제는 제 사람이 되었는데도 그의 전부를 가질 순 없다는 사실에 고통스러웠다. 희진은 음지에서 시들시들 생명을 잃어가는 식물이 된 기분이었다.

 치앙마이.

 문득 그 도시가 떠올랐다. 태국 북쪽에 위치한 도시. 겨울에는 아침저녁으로 선선하고 방콕처럼 소란스럽지 않아서 지내기 좋은 도시. 급한 일은 마무리 짓고 왔으니 문제 될 게 없었다. 만약을 위해 노트북을 가져와서 틈틈이 일도 할 수 있었다.

 나는 자유다.

 희진은 몇 번이나 그 말을 되뇌었다. 친언니처럼 따르는, 그래서 결혼할 때 부모님을 설득하는 데 애써준 막내 이모에게만 치앙마이에 들렀다 가겠노라고 알렸다.

 "희진아, 너 혹시…. 아니다. 일단 나만 알고 있을게."

 막내 이모는 밝은 목소리로 잘 지내다 오라고 말한 뒤 전화를 끊었다.

꼭같은 하루하루가 하나도 지루하지 않았다. 오히려 몸은 반복이 주는 안정감을 원했다. 아침이면 저절로 눈이 뜨였다. 근처 카페에서 아침 겸 점심으로 샌드위치와 커피를 먹으며 천천히 책을 읽었다. 한두 시경 호텔로 돌아와 텅 빈 수영장에서 시간을 보냈다. 해가 기울어 바람이 조금 선선해진다 싶으면 옷을 갈아입고 인근 산책에 나섰다. 이곳이 아열대임을 새삼 깨닫게 해주는 무성한 녹색식물들과 크고 작은 사원들이 나왔다. 사원 안에서는 다양한 형태의 불상들과 그만큼 다양한 생김새의 주인 없는 개들이 어슬렁댔다. 가끔 노점에서 알록달록한 꽃목걸이를 산 뒤 불상에 걸어두기도 했다.

신성한 사원을 나오면 바로 속세의 세계가 펼쳐졌다. 툭툭과 송태우, 그리고 오토바이가 매연과 굉음을 내뿜으며 지나갔다. 몇 해 전 영욱과 같이 걷던 밤이 생각났다. 어찌 된 영문인지 신혼여행의 기억보다 처음 만나 조심조심 걷던 길의 기억이 더 선명하게 살아 숨 쉬었다.

호텔 근처까지 오면 식당에 들어가 어묵을 고명으로 얹은 쌀국수나 볶은 고기를 곁들인 밥을 시켜 먹었다. 식당

벽면마다 태국 국왕과 왕실의 모습을 담은 사진들이 빼곡했다. 어쩐지 견결한 애정마저 느껴졌다. 희진의 감상을 들은 수영장 관리인은 그것이 국민을 끔찍이 위하고 아껴준 대가라고 말했다.

"태국 사람들은 왕가를 진심으로 신뢰하고 존경하고 사랑하죠. 태국에서는 절대 불상과 국왕 사진을 손가락으로 함부로 가리키면 안 된답니다. 그러다 모독죄로 감옥에 갈 수도 있어요."

"감옥이요?"

관리인이 고개를 끄덕거렸다.

"네. 불교와 정치에 대해서라면 조심을 해야 해요."

"제가 태국에 대해 너무 몰랐네요."

희진이 어깨를 으쓱해 보였다.

"감옥 얘기가 나와서 말인데, 혹시 마사지 좋아하면 추천하고 싶은 곳이 있어요."

그가 소개해준 곳은 치앙마이 여자 교도소, 다시 말해 감옥이었다. 정확히는 출소 예정인 수감자들이 마사지 기술을 배워 외부 손님에게 해주는 곳이었다. 물론 감옥에서 운영하는 곳인 만큼 마사지를 받는 장소도 교도소 부지 안이었다. 가이드북에 나와 있진 않지만 이곳의 마사지 실력이 치앙마이에서는 최고로 꼽힌다고 했다.

"처음엔 호기심 때문에 가는데 마사지 실력에 반해서 돌아온다고 하더라고요."

한참 설명을 이어가던 관리인은 저쪽에서 누군가 부르는 소리가 나자 천천히 몸을 일으켰다. 그가 눈인사를 남긴 뒤 대각선 방향으로 사라진 뒤에도 희진은 한동안 생각에 잠겨 있었다. 그사이 한낮의 열기가 최고조에 이르자 희진이 자리에서 일어나 차가운 물 속으로 들어갔다. 평소와 같은 오후였다.

* * *

공식 명칭은 '치앙마이 여성 교도소 직업훈련 센터'였다. 호텔에서 걸어갈 만한 위치에 이런 곳이 있었다니. 희진은 적어도 정오까지는 현장 예약을 마쳐야 그날 마사지를 받을 수 있을 거라는 조언을 듣고 일찌감치 움직인 참이었다. 마지막 시간대에 겨우 예약을 걸어놓고 그사이 교도소 부지 안에 있는 카페에서 시간을 보내기로 했다. 마찬가지로 죄수들이 운영하는 곳이었다. 직원이 추천하는 대로 팟타이와 라임 모히토를 시키고 어제 호텔에서 찾아본 내용들을 복기했다.

- 전체 수감자의 85퍼센트가 마약 문제로 이곳에 수감되었다.
- 지난 몇 년간 수감자가 50퍼센트나 증가했는데 주로 필로폰 때문이었다. 다행히 그녀들의 재범률은 낮다.
- 수감자 중에는 태국 북부의 소수민족 출신 여성이 많다. 그녀들이 가정에서 부양 책임을 지고 있고 그 때문에 범죄에 노출될 확률이 높은 것이다.
- 태국 공주가 여성 수감자의 인권에 관심을 갖게 되면서 출소 뒤 사회 적응을 돕기 위해 직업훈련 센터가 설립되었다.
- 수감자들은 직업훈련 센터에서 마사지사 자격증을 따고 수익의 일정 비율을 출소할 때 갱생비로 받게 된다.

 시간이 흘러 희진의 차례가 왔다. 근엄한 표정의 교도관을 따라 센터 안으로 들어갔다. 빳빳한 분홍색 유니폼을 입은 수감자가 수줍은 표정으로 희진에게 손짓했다. 언뜻 앳돼 보였으나 가까이서 보니 주름이 자글자글했다. 희진은 자신과 비슷한 나이일 수도 있겠다고 생각했다. 그녀가 헐렁한 주황색 상하복을 내주었다. 이쪽이 더 죄수복 같았다. 옷을 갈아입고 나오자 그녀가 대야를 가져와 발을 씻

겨주었다. 희진이 간지러워서 웃음을 터뜨리자 그녀도 덩달아 웃었다. 발을 씻은 뒤 그녀를 따라 낮은 매트리스가 줄지어 깔린 어둑어둑한 방으로 들어갔다. 그중 하나에 누웠고 그녀가 희진의 몸을 지그시 누르기 시작했다. 희진은 몸과 마음의 긴장이 조금씩 풀어지는 걸 느꼈다. 눈을 감고 있으니 이곳이 감옥이라는 실감조차 없었다. 어제 읽은 영문 기사의 한 구절이 떠올랐다.

포니파 찬팽에게는 다른 방도가 없었다. 부모님은 많은 빚을 남기고 돌아가셨고 그녀는 어린 남동생을 돌봐야 했다. 매일 채권자들이 찾아와서 괴롭히는데 은행은 돈을 빌려주지 않았다. 그녀는 돈을 갚기 위해 그 일을 했고 잡혀서 감옥에 들어왔다. 그리고 지난 17년을 감옥에서 썩어야만 했다. 감옥에 들어왔을 때 그녀는 고작 스물두 살이었다. 그녀가 옳지 못한 선택을 한 것은 분명하지만 나라고 다른 선택을 할 수 있었을까?(앤 베일리Anne Bailey, "In northern Thailand, female prisoners are getting a second chance. Through massage", PRI Public Radio International, 2015년 9월 8일 자)

"맴, 피니시."
누군가 등을 어루만지면서 희진을 깨워주었다. 희진이

눈을 뜨자 그녀가 슬픈 표정으로 눈가를 어루만졌다.

"유, 히어, 슬립 앤 크라이."

희진이 얼굴을 만져보니 눈물 자국이 나 있었다.

"유 오케이?"

그녀가 걱정스럽게 물었다. 희진이 괜찮다며 고개를 끄덕이자 그녀가 탈의실로 안내했다. 희진은 다시 태어난 것처럼 몸이 가벼웠다. 옷을 갈아입고 나오니 그녀가 따뜻한 차 한잔을 가져다주었다.

"얼마나 더 여기 있어야 해요?"

희진의 물음에 그녀는 엷은 미소만 지었다. 연달아 질문을 던졌지만 물끄러미 희진을 바라보며 고개를 저었다. 물어봐서 미안하다고 말하니 그녀가 두 팔을 교차시켜 자신의 가슴에 갖다 댔다.

"세컨드 찬스, 마이 세컨드 찬스."

고요를 깨고 발소리가 들려왔다. 저쪽에서 군청색 제복을 입은 교도관이 다가오고 있었다. 그녀는 흠칫 놀라며 자리에서 일어났다. 감옥의 점호 시간이 가까워진 모양이었다.

희진이 그날의 마지막 손님이었다. 교도관의 에스코트를 받아 건물 밖으로 나오자 강렬한 햇빛 때문에 한동안 눈을 뜰 수 없었다. 희진은 두세 걸음 내디디다가 멈춰 섰다. 두 번 다시 그녀를 만날 일은 없겠지. 다시 이곳에 올 일도 없겠지. 여행지에서는 지극히 자연스러운 일인데도 문득 가슴이 아렸다. 눈앞의 부겐빌레아 꽃이 자신을 위로해주는 것 같았다. 순간 한 가지 질문이 머릿속에 떠올랐다. 내가 왜 여길 왔지?

수영장 관리인의 추천을 마다하지 못해서가 아니었다.

마사지 같은 건 아무래도 상관없었다.

그저 타인의 불행을 확인하고 싶었던 것이다.

그러한 결론에 이르자 희진의 눈에서 봇물 터지듯 눈물이 흘러나왔다. 마사지가 끝나 잠에서 깬 희진이 눈가를 닦아내자 맑은 눈빛의 그녀는 가슴에 손을 얹으며 한숨을 쉬었다. 당신의 슬픔을 나도 느낀다는 듯이. 그 아픔을 대신 표현해주겠다는 듯이. 그것은 마음을 다한 위로였다.

그런데.

희진은 지금 자신보다 더 불행한 사람은 없다고 확신하면서도 더한 불행을 보고 이 정도면 괜찮다는 위안을 얻고 싶었던 것이다. 그 못난 마음이 너무 창피해서, 그녀에게 너무 미안해서 울음이 터졌다. 주위를 살필 겨를도 없었다. 그사이 몇 차례 따스한 온기가 희진의 등과 어깨를 두드리고 갔다. 그 손길이 너무나 따뜻해서 눈물이 그치질 않았다.

이윽고 울음이 잦아들자 엄청난 허기가 빈자리를 메웠다. 희진은 가까운 노점에서 망고 찰밥을 산 뒤 가게 앞에 걸터앉아 단숨에 먹어치웠다. 속이 든든해지면서 다리에 힘이 들어갔다. 다시 일어서서 걷기 시작했다. 어떻게든 살아가야 한다고, 살아내는 것이 무엇보다 중요하다고, 그럼에도 불구하고 앞으로 나아가야 한다고 자신을 둘러싼 세상이 알려주는 것만 같았다.

세컨드 찬스.

그녀의 마지막 말이 귓가에 맴돌았다. 희진은 구름 한 점 없는 파란 하늘을 올려다보며 인생의 두 번째 기회에 대해 생각했다.

* * *

"그래서 그다음엔 어떻게 하셨어요?"

"어떻게 하긴…."

교수님이 딴청을 부리며 대답을 피했다. 입안에 달콤한 사탕을 물고 음미하듯 입이 꽉 다물렸다.

그사이 이야기에 집중하느라 잊고 있던 소음이 한꺼번에 몰려들었다. 나는 순간 여기가 어디인지 기억해냈다. 방콕 수완나품 국제공항의 터미널 라운지. 이곳에서 우연히 서희진 교수를 만났다. 개강을 일주일 앞두고 떠난 여름휴가라 조금은 한산할까 싶었지만 천만의 말씀. 공항 대합실은 헐벗은 젊은이들과 가족 단위의 여행객들로 북적였다. 발 디딜 틈이 없을 정도였는데 하필이면 비행기도 연착이었다. 하는 수 없이 친구들과 전화 부스 옆에 둘러앉아 시간을 때우다가 맞은편 벤치에서 주위의 소란을 등진 채 고요하게 책을 읽던 그녀를 발견했다.

"교수님, 중간에 끊으시면 어떡해요. 그래서 어떻게 하셨는데요?"

이야기는 다음 날 아침 호텔 프런트에서 걸려온 한 통의 전화에서 멈춰 있었다. 직원이 몇 가지를 확인하고 전화를 바꿔주자 수화기 너머에서 들린 목소리.

"심장이… 말 그대로 터질 것 같았어."

교수님은 먼 곳을 응시하고 있었다.

"참, 슬아야. 왜 자꾸 교수님이라고 하니? 예전처럼 아줌마라고 불러."

장난스럽게 눈을 흘기는 교수님, 아니 아줌마. 그녀는

출장을 왔고 나는 대학 동기 셋과 여행을 왔다. 그중 한 명은 내 남자 친구였다. 이번 여행에서 우리는 크게 다퉜고 아직 화해를 못 했다. 아이들 앞에서 티를 낼 수도 없어서 힘들었는데 마침 그녀를 발견하면서 빠져나올 핑계가 생겨 다행이었다.

"너희 아빠였어. 얼이 나간 채로 방문 앞에 서 있었지. 난 숨이 막혀서 정신을 잃을 것 같았어. 간신히 버티면서 살펴보니까 아빠가 많이 야위었더라고. 몇 주 지나지도 않았는데…. 그게 너무 마음이 아팠어. 광대뼈만 도드라져 보였거든."

아줌마의 눈빛이 반짝반짝 빛나며 아련해졌다.

"둘 다 어쩔 줄 몰라 하다가 내가 아빠 손을 끌어와서 내 뺨에 갖다 댔어. 볼살을 만지작대는 게 그 사람 버릇이었거든. 양손을 끌어와서 뺨을 실컷 만지게 해주었어. 우습지, 순간적으로 생각난 게 그거라니…."

그녀가 고개를 옆으로 기울이며 생긋 웃었다.

"그때는 그렇게 바보 같고 무모했단다. 우린 치앙마이에서 다시 신혼여행을 시작했어. 그때가 내 인생에서 가장 행복했던 시절이야."

그 시간을 떠올리는지, 아줌마의 볼이 발그레해졌다.

"그렇게 좋아하셨는데… 왜?"

나는 진실을 알고 싶었다. 그리고 이제 진실을 말해줄 수 있는 사람은 당사자인 아줌마뿐이었다.

"슬아야, 혹시 그 일이 네 사고와 관련이 있다고 생각하는 거니? 아니야. 물론 네가 입원하지 않았더라면 관계가 조금 더 지속되었을 가능성은 있었겠지. 하지만 결국엔 똑같았을 거야. 네 사고는 그저 생각보다 일찍 찾아온 계기였을 뿐이니까."

아빠와 아줌마는 함께 생활한 지 반년도 못 돼 별거를 시작했다. 엄마는 한참 지난 뒤에야 그 이야기를 내게 해주었다.

"처음엔 가족에게 돌아갔다고 생각했어. 그런 조바심은 항상 마음속에 깔려 있었으니까."

"하지만 저희 집으로 돌아오지 않으셨죠. 그때는 저희가 아니고 아줌마가 아빠의 가족이었잖아요."

내 말에 아줌마가 씁쓸한 표정을 지었다.

"그래, 아무튼 그이는 혼자가 되기로 결심했어. 어느 쪽을 선택하든 정신적으로 감당할 수 없었을 테지. 너희 아빠는 거짓말을 못 하거든. 티가 나. 끝까지 자기 자신에게 정직해야만 살 수 있는 사람이었어."

"아줌마는 그걸 이해하셨어요?"

"아빠는 이미 결혼으로 자기가 줄 수 있는 최선을 내게 주었는걸."

아줌마가 잔잔하게 미소 지었다. 제 아픈 얘기를 꺼내놓은 사람 같지 않게. 어떻게 저토록 평온한 미소를 지을 수 있을까. 가만히 보고 있기가 힘들었다. 시선을 돌리다가 남자 친구와 눈이 마주쳤다. 그가 흠칫 놀라며 눈을 피했다. 쳇, 쫄보 같으니.

"그이가 호텔로 나를 데리러 왔을 때부터 머지않아 우리가 헤어질 것을 직감했어. 어쩌면 끝이 보이니까 더 인생 최고의 시간을 보낼 수 있었던 것 같아. 슬아야, 네가 이해할 수 있을까? 살다 보면 어떤 순간이 너무도 완벽해서 오히려 슬퍼질 때가 있단다. 왜냐하면 그토록 완벽한 순간은 일생에 단 한 번밖에 찾아오지 않는다는 걸 알거든. 그래서 아줌마는 후회 없이 꿈을 꿀 수 있었어."

그녀의 이야기가 어렴풋이 이해될 것 같다가도 전혀 안 되기도 했다. 난 아직 멀었어. 이런 생각을 꿰뚫어보기라도 한 듯 아줌마가 내 앞머리를 쓸어 넘기면서 말했다.

"그거 아니? 시간은 결국 우리 편이야. 애쓴 만큼 보답해주고 상처를 관대하게 보듬어주기도 한단다. 슬아도 처음엔 나를 싫어했지만 지금은 이렇게 얼굴 마주보고 이야기를 나누고 있잖아?"

나는 얼굴을 붉히며 고개를 끄덕였다.

"슬아가 용케 나를 알아봐서 기뻐."

마지막으로 아줌마와 만난 건 7년 전, 아빠가 세상을 떠났을 때였다.

"아줌마, 아빠는 불행했을까요?"

왜 그런 질문이 나왔는지 모르겠다. 아빠를 떠올리면 그 늘진 표정부터 생각나서일까. 이번에는 그녀가 내 뺨을 어루만져주었다. 언젠가 아빠가 그녀에게 했던 것처럼. 내 마음을 다 이해한다는 듯이. 전혀 이상한 질문이 아니라는 듯이.

"그렇지 않아."

가장 적절한 말을 찾기 위해 그녀는 신중을 기하는 것 같았다.

"남들보다 일찍 세상을 떠났다고 해서, 이혼을 경험하고 혼자 살았다고 해서 사람이 더 불행한 건 아니야. 아줌마는 네 아빠가 충분히 행복하게 살다 갔다고 생각해. 물론 그 과정에서 주변 사람들을 상처 입히기도 했지만 적어도 자신의 감정에 솔직했고 최선을 다해 사랑했어. 특히 누구보다도 너를 말이야."

가슴이 벅차올라 목이 메었다.

"사람을 사랑하거나 사랑받는 것만큼 인생에서 중요한 일은 없다고 생각해. 슬아도 나중에 누군가를 사랑하게 되면 아빠처럼 해. 그거면 돼. 마찬가지로 슬퍼해야 할 때 충분히 슬퍼하고. 불완전한 인간이 할 수 있는 최선은 딱 거기까지야."

고개를 들자 바로 눈앞에서 그녀가 나를 애틋한 눈빛으로 쳐다보고 있었다.

"슬아는 정말 아빠를 많이 닮았어."

그녀는 여전히 아빠를 사랑하고 있었다. 눈동자만큼은 거짓말을 못 한다는 것을 어렴풋이 깨달아가고 있었다.

"이슬아, 이제 가야 해."

그때 쫄보가 나를 불렀다. 거의 스물네 시간 만에 말을 건 셈이었다.

"학교 친구?"

아줌마가 우리를 번갈아 보며 물었다.

"네…."

거울을 안 봐도 내 표정과 행동이 어딘가 어색하리라는 걸 알 수 있었다. 나는 서둘러 배낭을 챙겨 멘 뒤 아줌마에게 인사를 했다.

"나중에 학교로 찾아가도 돼요?"

"물론이지. 언제든지 환영."

남자 친구는 시키지도 않았는데 뻔뻔스럽게 자기가 먼저 아줌마에게 인사를 드렸다.

"어서 가자."

그가 내 배낭을 뺏어 들더니 자연스럽게 내 손을 잡았다. 나는 다른 친구들의 눈치를 살피며 주저하다가 아줌마 쪽을 바라봤다. 눈이 마주치자 아줌마는 웃으며 고개를 끄덕였다. 우리는 손을 맞잡고 탑승구를 향해 서둘러 뛰어갔다.

비좁은 좌석에 앉아 벨트를 맨 뒤에야 아줌마와 연락처를 교환하지 않았음을 알아차렸다. 아쉬움에 얼굴을 찡그리자 남자 친구가 귓가에 대고 소곤거렸다.

"무슨 얘기를 그렇게 오래 했어?"

"그냥 사는 얘기? 넌 들어봤자 몰라."

나는 일부러 퉁명스럽게 답한 뒤 고개를 돌렸다. 좌석 팔걸이에 팔을 걸치려는데 이미 남자 친구가 제 팔을 올린 상태였다. 내 손이 그의 손을 덮친 꼴이 되었다. 옆을 노려

보자 그의 얼굴에 슬그머니 미소가 피어올랐다.

"넌 내가 그렇게 좋냐? 남의 손을 덥석덥석 잡게?"

그러고선 그는 내 손을 꽉 잡고 놓아주지 않았다. 나도 그만 픽 웃고 말았다. 두 시간이나 지연된 만큼 장내에는 서둘러 이륙하겠다는 기장의 힘찬 목소리가 울려 퍼지고 있었다. 긴 비행이 시작되고 있었다.

우리가
잠든 사이

하카타 역에서 출발하는 특급열차 '유후인노모리 91호'는 진한 에메랄드 색의 디젤엔진 기차였다. 기차 외관에는 녹색과 금색의 우아한 영문 엠블럼이 새겨져 있었고 기차 안은 세월을 머금은 목재 패널들이 아늑한 분위기를 풍겼다. 초록색 나뭇잎 무늬의 벨벳 시트는 몸을 포근하게 감쌌다. 여행의 이동 수단일 뿐인데도 타는 것 자체가 지극한 경험이었다. 조명을 다소 어둡게 해놓아서 창밖 경치를 액자 속 작품처럼 감상할 수 있었다. 그 안에서 싱그럽게 우거진 전나무 숲과 계곡, 새봄이 끌어 올린 풋풋한 잎사귀, 목가적인 전원 마을, 햇살을 반사해내며 반짝이는 바다가 번갈아 모습을 뽐냈다

우리는 일본 규슈에 위치한 유후인 온천 마을로 향하고 있었다. 창가 자리에서 눈을 반짝이며 풍경을 내다보던 그

녀가 잠이 모자랐는지 짧게 하품을 했다. 손바닥으로 입을 가리려는 찰나, 나와 시선이 마주치자 배시시 웃었다.

"미안."

"뭐가 미안해요."

어머니는 작은 일에도 세세하게 미안함과 고마움을 표현했다. 그녀가 다시 창밖에 시선을 고정했다. 유후인까지 가는 길엔 산이 많아 터널을 자주 지났다. 그때마다 유리창에 어머니의 부드러운 미소가 비쳤다.

종착지가 온천 마을이다 보니 승객 대부분이 여행객이었다. 그 덕에 열차 안에는 설렘의 기운이 물씬했고 초면인 사람들끼리도 반갑게 미소를 나누는 분위기였다. 건너편에서 일본인 커플이 승무원 모자를 쓰고 포토 이벤트에 참여하고 있었다. 조금 전까지 차창 밖 경치에 대해 안내하던 낭랑한 목소리의 승무원이 두 사람의 기념사진을 찍어주었다.

"잘 어울리네. 예쁘다."

어머니가 그 모습을 바라보며 흐뭇해했다. 젊음은 그 자체만으로도 눈부시니까.

"어머니, 앞 칸에 가보실래요? 라운지 같은 곳이래요. 이 지역의 특산품도 판다네요."

"난 여기서도 충분해. 네가 대표로 다녀와."

"혼자 계셔도 괜찮겠어요?"

"아유, 그럼 괜찮지. 내가 애도 아니고."

"필요한 거 없으세요? 커피?"

"물이면 돼. 어서 다리 좀 펴고 와."

"그럼 간식거리라도 사 올게요."

삐걱대는 바닥을 가로질러 서너 개 칸을 지나자 라운지가 나왔다. 그곳은 천장부터 바닥까지 꼼꼼하게 니스 칠이 되어 있었고 벽에는 기다란 카운터가 마련되어 있었다. 카운터 위로 통창이 울창한 숲의 정경을 파노라마처럼 시원하게 펼쳐냈다. 계산대에서 롤케이크 두 조각과 생수 한 통, 에스프레소 한 잔을 산 뒤 카운터에 기대서 팔짱을 끼고 흔들림에 몸을 맡겼다. 둥글둥글한 브로콜리처럼 생긴 산을 내다보면서 천천히 에스프레소를 마셨다.

성인이 되고서 어머니와 여행을 하는 건 처음이었다. 저렇게 좋아하실 줄 알았다면 진작 모시고 오는 건데. 저런 모습을 본 게 언제인지도 기억나지 않았다.

충동적으로 여행을 결정한 뒤 오랜 시간 같이 일해온 출판사의 여성 편집자에게 물어봤더랬다. 여자분들은 2박 3일 정도의 여행지로 어디를 선호하느냐고. 편집자는 자신 있게 일본 규슈의 유후인을 추천했다. 후쿠오카까지 비행시간이 50분 남짓이라 타자마자 내리는 수준이고, 거기서 유후인으로 가는 기차 여행이 무척 운치 있고, 온천 료칸에서 보내는 시간 외에도 할 거리가 충분하다고 했다. 평소 그녀의 안목을 신뢰했기에 바로 숙소와 항공권을 예약했다. 과연 그녀의 말대로 비행은 순식간이었고 기차 여행에는 아기자기한 재미가 있었다. 무엇보다 어머니가 즐거워하는 모습을 곁에서 지켜보는 게 큰 기쁨이었다. 돌아갈 때 잊지 않고 편집자의 선물을 사야지.

"도시락 드세요."

나는 승무원에게 주문해놓은 도시락을 좌석 앞 간이 테이블에 올려놓았다. 종류가 두세 가지였지만 이 도시락이 가장 오래되고 상징적인 메뉴로 구성되어 있었다. 유후인 인근에서 재배되는 채소를 이용한 조림과 무침이 주를 이뤘다. 무조림, 시금치들깨무침, 매실조림, 콩조림, 깨두부, 곤약스테이크, 우엉조림, 흰 살 생선, 계란말이에 다진 표고버섯이 섞인 쌀밥.

"조렸는데도 이렇게 싱싱하네."

정성 가득한 반찬을 맛보며 어머니는 혀를 내둘렀다. 이

건 어떻게 만든 거지. 특이한 향이 나네. 간이 딱 맞아. 그녀는 하나하나 음미하며 중얼거렸다.

"왜 안 먹어?"

나는 나무젓가락만 갈라놓고서 어머니가 식사하는 모습을 쳐다보고 있었다. 맛있게 드시는 모습을 보는 것만으로도 배가 불렀다. 체크인까지 세 시간 정도가 비니 그사이 마을 구경이라도 하려면 배를 채워놓는 것이 좋으리라. 도시락에 딸린 종이 냅킨을 무릎 위에 깔고 식사를 시작했다. 기차가 덜커덩 소리를 내며 커브를 틀었다.

* * *

어머니는 상을 치르는 내내 눈물을 보이지 않으셨다. 1년 전부터 아버지가 한밤의 응급실행과 잦은 입퇴원을 반복하면서 마음의 준비를 하고 계셨던 것 같다. 양력설을 무사히 넘겨서 올해도 이 정도 컨디션을 유지하실 줄 알았는데 결국 정월 초하루를 넘기지 못했다. 빈소에 도착하자 살아생전 아버지와 사이가 좋지 않았던 큰형이 숨넘어갈 것처럼 통곡하고 있었다. 유가족 휴게실의 소파에서 가장 많이 잔 것도 큰형이었다.

"그냥 둬. 깨우지 마."

문상객이 몰려와 큰형을 깨우려고 하면 작은형이 말렸다. 작은형은 두 살 터울의 큰형보다 의젓하고 책임감이 강했다. 공부도 훨씬 잘했고 큰형처럼 부모님 속을 썩이지도 않았다. 현재도 사회적 지위가 훨씬 나았다. 하지만 아버지가 말년에 목 놓아 찾은 건 어디까지나 장남이었다. 한동안 소식을 끊고 살았는데도 아버지가 가장 아낀 건 큰형이었다는 걸 이번에 모두가 알게 되었다. 작은형은 이미 알고 있었다는 듯이 눈도 깜짝 안 했다. 그러고 보면 이제 완연한 중년인 큰형은 아버지의 외모와 성격을 거울처럼 빼닮은 아들이었다. 서로 그토록 미워한 건 그래서였을지도 모른다. 나고 자란 부산에 터를 잡은 형들과 달리, 일러스트레이터로 일하게 된 나는 서울에 안착했다. 어차피 내 손님은 많지 않았던 터라 내 앞으로 들어온 봉투는 어머니께 다 드리라고 말해놓고 발인이 끝나자마자 짐을 챙겼다.

"그래도 아버지 유언장은 같이 있을 때 봐야지."

어머니는 장례가 끝나자마자 삼우제도 지내지 않고 떠날 채비를 하는 막내아들 앞에서 서운한 기색을 내비쳤다. 나는 남은 식구들이 모여서 조의금을 정산하는 모습도, 행여 이런저런 권리를 따지는 모습도 보고 싶지 않았다. 유언장이야 쓰인 그대로 따르면 그만이었다. 나까지 그 자리를 지키고 있을 필요는 없으리라는 생각에 주저 없이 기차역으로 향했다.

막상 서울로 향하는 열차 안에서 홀로된 어머니를 떠올리자 가슴이 쓰렸다. 오랫동안 병상에 누워 계셨던 아버지를 간병인의 도움 없이 혼자 돌볼 만큼 건강하셨다 해도 어머니 역시 칠순을 앞둔 노인이었다. 갑자기 무슨 일이 생겨도 놀랍지 않을 연세였다. 챙겨야 할 일을 자주 깜빡하거나 기력이 달리는 듯 곧잘 쭈그려 앉는 모습에서 세월의 흐름이 느껴졌다.

일요일 오후 열차 안은 예상 외로 조용했다. 천천히 둘러보다가 한 노부부에게 눈길이 갔다. 건너편 동반석에서 젊은 여자 둘과 마주한 채 다정하게 대화를 나누고 있었다. 네 사람은 생김새나 표정에서 비슷한 분위기를 풍겼다. 가족 여행을 다녀오는 모양이었다.

그러고 보면 나는 가족과 여행을 가본 기억이 없었다. 부모님 집의 낡은 앨범에는 다섯 사람이 함께 바닷가에서 찍은 사진이 남아 있었지만, 기저귀를 차고 어머니의 품에 안긴 내 모습만큼이나 낯설기만 했다. 큰형의 여름방학에 맞춰 강릉으로 여행을 갔었다고 어머니는 설명해주셨다.

터울이 꽤 지는 형들은 내가 초등학생이 되었을 때 이미 고등학생과 대학생이었던 터라 같이 어울릴 수 없었고 나 역시 서울로 진학한 이후로는 가족의 존재를 잊고 살았다. 가끔 부모님이 서울에 올라오실 때도 솔직히 귀찮다는 생각뿐이었다. 내 마음을 간파했는지 어머니는 막내네 집이 좁다며 아버지를 설득해 시내에 숙소를 따로 잡곤 하셨다. 분기에 한 번꼴로 고향에 내려갔고 가서도 밖으로만 나도느라 식사 한두 끼 겨우 같이 했다. 부모님과 여행을 한다는 건 한 번도 고려해본 적이 없는 일이었지만 이제는 달라져야겠다고 생각했다.

가족들에게 이런 결심을 알리니 형수들이 가장 뜨겁게 호응했다.

"역시 우리 도련님이 제일 효자라니까. 여행 경비는 보탤게요."

날짜를 맞춰보자는 얘기가 나오지 않을까 했는데, 이토록 단번에 자를 줄은 몰랐다. 어떻게 보면 정직한 반응이었다. 어머니는 아버지의 두 번째 배우자였고 형들은 사별한 전 부인과의 사이에서 낳은 자식이었다. 아버지는 세

아들을 똑같이 엄격하게 대했기에 대학 입학 전까지는 내가 그저 늦둥이인 줄만 알았다. 형과 형수들의 미묘한 태도 변화는 어찌 보면 당연한 일이었다. 이제 어머니는 온전히 내가 끌어안아야 할 몫이었다.

* * *

 유후인 역에 내리자 맑은 공기와 청명한 하늘이 우리를 반겨주었다. 어머니는 기지개를 켜며 몸 이곳저곳을 움직였다. 아무리 편한 좌석이어도 한자리에 오래 앉아 있는 게 부담스러우실 터였다.
 "체크인 전에 긴린코 호수에 가볼까 했거든요. 걸어서 30분 정도 걸리는데 괜찮으시겠어요? 아니면 그냥 카페 같은 데 들어가서 쉴까요?"
 "괜찮아. 걷다가 쉬어가면 되지."
 역의 사물함에 짐을 넣어두고 호수를 향해 걷기 시작했다. 가는 길에 고즈넉한 상점가가 나왔다. 기념품 가게와 잡화점, 카페와 갤러리 등 개성적이고 아기자기한 가게들이 있었다. 어머니는 중간중간 시식 코너의 점원이 건네주는 과자나 채소 절임을 즐겁게 받아 드셨다. 1킬로미터

남짓한 상점가가 끝나자 일상에 깃든 온화한 자연 풍경이 펼쳐졌다. 오이타 강변에 유채꽃이 만개했고 강물에 하늘과 구름이 비쳤다. 저 멀리 완만한 능선이 보였다. 유후인 마을 어디에서나 창문을 열면 그 산이 보인다고 했다. 여러 종류의 울창한 나무들이 산책로에 잔잔한 그늘을 만들어주었다. 흙 내음이 섞인 봄바람이 불어와 얼굴을 간지럽혔다.

"저 의자에서 쉬다 갈까요?"

"얼마 걷지도 않았는걸. 나한테 다 맞출 필요는 없어. 속도 맞추느라 답답하지? 앞서가."

어머니는 내 등을 떠밀면서 부지런히 걸음을 옮기셨다.

긴린코 호수는 동화책의 삽화 같았다. 강바닥이 훤히 드러날 만큼 물이 투명하게 맑았다.

"어머니, 이 호수 이름이 금빛 비늘이라는 뜻이래요. 1884년에 어떤 학자가 석양을 받아 금빛으로 빛나는 물고기를 보고 지은 거라네요."

"저것 좀 봐. 너무 깨끗해서 잎사귀까지 다 비친다. 거울이 따로 없네."

어머니는 내 설명을 들으며 고개를 끄덕이다가 이내 호

수로 눈을 돌려 감탄사를 연발했다. 신난 발걸음이 물에 너무 가까워지는 듯해서 신경이 쓰였지만 한껏 들뜬 어머니가 귀여웠다. 사진에서나 보았던 어머니의 젊은 시절 모습이 겹쳐졌다. 동시에 여기저기 주삿바늘을 꽂은 아버지 옆에서 오랜 시간 무력감에 길들어갔을 어머니의 모습이 처음으로 손에 잡히듯 그려졌다. 어머니에게 다가가 가는 어깨에 손을 얹었다. 가슬가슬한 카디건의 감촉 뒤에 은은한 온기가 느껴졌다.

"상혁아, 난 괜찮아."

어느새 몸을 돌린 어머니가 나를 보듬었다. 어머니는 한없이 작고 약해 보였지만, 그럼에도 보살핌을 받는 쪽은 끝까지 자식일까.

"고마워, 이런 풍경을 보여줘서."

"겨울 아침에는 강 안개를 볼 수 있대요. 그게 엄청 신비롭고 아름다운가 봐요. 그때 또 와요."

내가 다짐하듯 말하자 어머니가 촉촉한 눈빛을 맞춰 왔다.

"그래, 꼭 다시 오자."

속세와 단절된, 무척 먼 곳에 와 있는 기분이었다.

＊ ＊ ＊

료칸은 정갈하고 품위가 있었다. 과감히 여윳돈을 쓰길 잘했다는 생각이 들었다. 입구에서부터 정중하고 섬세한 환대가 시작되었다. 직원을 따라 객실로 들어가니 다다미의 구수한 냄새가 코를 훅 찔렀다. 객실은 넓고 깔끔했다. 종이가 발린 덧문을 여니 창문은 그대로 유후 산의 풍경을 고스란히 담아낸 액자가 되었다. 텔레비전도, 시계도 없었다. 어둠이 내리면 잠자리에 들고 해가 비추면 깨어나듯이, 자연의 리듬과 속도에 맞춰 푹 쉴 수 있도록 배려한 조치였다.

"저녁은 방에 차려준다는데 그 전에 온천을 다녀오시겠어요?"

직원이 돌아간 뒤 짐을 내려놓으면서 물었다.

"아니. 아무래도 잠깐 눈 좀 붙여야겠어. 온천은 저녁 먹고 다녀올게. 늦게까지 하겠지?"

"그럼요. 걱정하지 마세요. 이불 꺼내드려요?"

"아냐, 이거면 충분해."

아냐, 됐어, 괜찮아. 어머니의 말버릇이었다. 주변의 도움을 한사코 거부하며 살아온 흔적. 그깟 이불 꺼내주는 게 뭐 큰일이라고. 하지만 어머니가 아니라고 하면 아닌 거였다. 어머니는 의자에 있던 방석을 빼서 베개로 삼았다. 이내 코 고는 소리가 들려왔다. 얼마나 피곤했는지 눕자마자 잠이 드신 모양이었다. 어머니의 잠든 얼굴을 보는 건 오랜만이었다. 노인이라고 추레하게 보여서는 안 된다며 이른 아침부터 챙겨 바른 아이섀도와 립스틱이 대부분 번져 있었다. 여전히 햇살이 강해 자글자글한 눈 밑 주름이 유독 도드라져 보였다. 어머니도, 나도 차근차근 나이를 먹어가고 있었다. 나는 료칸 주변을 둘러볼까 하다가 어머니 곁을 지키기로 했다. 옆에 엎드려 서울에서 가져온 책을 읽기 시작했다.

"아들, 뭐 읽어?"
얼마 뒤 졸음기가 묻어나는 가느다란 목소리가 들렸다.
"깨셨어요?"
"어디 봐봐."
어머니가 팔을 뻗어 표지를 확인했다.
"나도 읽어본 책 같은데?"
"언제요?"
내 물음에 어머니는 표지를 뚫어지게 보면서 생각에 잠

겼다. 일본에 간다고 일본 작가의 책을 고른 건 다소 일차원적이었지만 다행히 흥미롭게 읽던 참이었다.

"아니다, 내가 읽은 건 다른 작품이었어. 그 작가 좋아하니?"

"이 사람 작품은 처음이에요. 잡지에서 봤는데 온천을 사랑한 작가라고 해서요. 원래 도쿄에서 고등학교 교사로 일했는데 마쓰야마라는 지방으로 내려온 뒤 그곳 온천에 매일같이 들렀대요. 이 소설의 주인공도 온천을 되게 좋아하는 걸로 나와요."

어머니는 내 말을 집중해서 들으셨다.

"넌 어릴 때부터 책을 참 좋아했어. 누가 시킨 것도 아닌데 표지가 너덜너덜해질 때까지 읽었지. 집에 같이 놀아줄 사람이 없어서 더 그랬을 거야."

"제가요?"

어머니가 말없이 고개를 끄덕이셨다. 어릴 적 이야기가 나오면 왠지 쑥스러웠다. 나는 책갈피를 끼워 넣고 책을 덮었다.

"네가 책을 좋아해서 이렇게 속 깊은 사람으로 컸나 보다."

세상 모든 어머니가 그러하듯 우리 어머니도 자기 자식

을 과대평가하는 경향이 있었다. 나는 전혀 속 깊은 사람이 아니었다.

  반년 전까지 같이 살던 사람이 있었다. 인아와는 경주로 가는 기차 안에서 처음 만났다. 업무를 의뢰받은 박물관에 회의를 하러 가는 중이었다. 주중 오전이라 기차 안은 한산했다. 옆자리에 젊은 여자가 앉았다. 단발머리에 하얀색 패딩 점퍼, 갈색 코듀로이 바지 차림이었다. 그녀는 이어폰을 꽂고 겨울 막바지의 무미건조한 풍경을 하염없이 내다봤다. 내 쪽으로는 눈길도 주지 않았다. 그러다가 역무원이 승차권을 확인할 때 처음으로 눈이 마주쳤다. 커다란 눈망울이 수많은 이야기를 담고 있는 것처럼 깊었다. 대릉원 돌담길 아래에서 그녀와 다시 마주쳤을 때 나는 붙잡아야 할 우연이라고 생각했다. 정작 먼저 말을 건 사람은 인아였다. 그날 밤 우리는 경주에 뜬 보름달의 기운에 취해 곧장 사랑에 빠졌다.

  연애는 동거로 이어졌다. 인아가 내가 사는 빌라로 들어왔다. 부모나 친구에게는 따로 알리지 않았다. 비밀로 했다기보단 굳이 알릴 필요를 느끼지 못했다.

  처음에는 함께 있는 매 순간이 사무치게 행복했다. 따로 사는 건 상상조차 할 수 없었다. 대학 병원에서 3교대로 일하는 인아와 집에서 작업하는 나는 생활 리듬이 자주 어긋났지만 아무래도 상관없었다. 우리 집은 편의점처럼 스물네 시간 불이 켜져 있었다. 인아가 교대하고 와서 잘 때 나는 한쪽에서 불을 켜고 일했다. 내가 며칠 밤을 새운 뒤 잠이 들려고 하면 인아가 일어나서 출근 준비를 했다. 둘 다 기본적으로 과로 상태인 데다 불면까지 더해졌다. 서로 날을 세우는 날이 늘어갔다. 여느 연인처럼 같이 외출하고 싶어도 시간을 맞출 수가 없었다. 한 사람이 놀고 싶을 때 나머지 한 사람은 조금이라도 더 자야 했다. 감정이 상하다가도 이내 안쓰러운 마음이 들어 상대의 등에 코알라처럼 달라붙은 뒤 살냄새를 맡았다. 헤어진 뒤에도 인아를 생각하면 자는 모습이 먼저 떠올랐다. 반쯤 뜬 눈, 조금 벌어진 입술, 목덜미에서 나던 냄새 같은 것들이.

  우리 사이에서는 결혼 얘기가 나온 적이 없었다. 눈치 빠른 인아가 내 마음을 알아채고 입을 다물었는지도 모른다. 나는 누군가를 일평생 책임질 자신이 없었다. 넘어지더라도 혼자 넘어지고 싶었다. 그래야 조금이라도 더 빨리 털고 일어날 수 있을 테니. 내 판단이 합리적이고 냉철하다고 믿었다. 그것이 칼날로 바뀌어 상대를 찌르고 있다는 것도 모른 채.

"더 이상 이런 식으론 안 되겠어."

새벽 근무를 마치고 귀가한 인아가 내 등에 얼굴을 묻고서 흐느낄 때 잠귀가 밝은 나는 깨어 있었지만 자는 척을 해버렸다. 마음속으로는 핑계를 댔더랬다. 상대가 원하는 걸 주지 못할 바에야 아무 말도 하지 않는 편이 낫다고. 겁쟁이에 비겁하기까지 했다. 얼마 지나지 않아 그녀가 집을 나가겠다고 했지만 가지 말라고 붙잡지도 못했다. 어리석게도 한동안 그녀가 다시 돌아올 거라고 믿었다. 당연히 그런 일은 일어나지 않았다. 사랑하는 사람에게 돌이킬 수 없는 상처를 입혔다는 걸 그제야 깨달았다. 마지막으로 찾아갔을 때 인아는 혼자 힘으로 긴 터널을 막 통과한 시점이었다. 상처 부위에 자칫 긁어 부스럼을 만들까 봐 말도 제대로 해보지 못하고 뒷걸음쳤다.

나는 어머니의 말처럼 속 깊은 사람이 아니었다. 겁 많던 어린 시절에서 나이만 더 먹었을 뿐이었다.

산해진미로 저녁 식사를 마친 뒤 대나무 숲에 싸인 노천탕에서 온전욕을 마치고 돌아왔다. 어느새 좌식 테이블이 구석으로 치워지고 그 자리에 바삭바삭한 면 이부자리 두 채가 나란히 깔려 있었다. 후쿠오카 시내의 호텔에서 잘

때는 싱글 침대 두 개가 멀찍이 떨어져 있었는데 여기서는 팔을 뻗으면 어머니에게 닿았다.

"온천물이 약물인가 봐. 잠이 솔솔 오네."

어머니의 뺨이 탐스럽게 익은 홍옥처럼 달아올랐다.

"주무세요. 저도 일찍 자려고요."

유카타를 입은 어머니가 주섬주섬 요와 깃털 이불 사이로 몸을 집어넣었다. 편히 자리 잡는 모습을 확인하고서 실내등을 껐다. 처음에는 칠흑같이 어두웠는데 어느덧 덧문 사이로 은은하게 달빛이 스며들었다. 어머니가 자꾸 몸을 뒤척였다.

"잠 안 오세요?"

"응, 아깐 졸렸는데 눕는 순간 이런저런 옛날 생각들이 나네."

어머니가 난처한 목소리로 말했다. 이럴 때 말주변이 있으면 얼마나 좋을까. 재미도 없고 말수도 적은 아들내미는 정말이지 쓸모가 없었다. 다시 부산과 서울로 흩어지기 전에 한 번쯤 어머니와 두런두런 이야기를 나누고 싶었다. 무슨 말을 해야 할지 고민할 때 어머니가 먼저 정적을 깨주었다.

"자니?"

"아뇨, 말씀하세요."

"뒷정리도 끝나서 이제 시간이 많아졌어."

"이제 좀 푹 쉬셔야죠."

"쉴 만큼 쉬었어. 그래서 말인데, 아직은 아픈 데도 없고 하니 어디 일자리라도 알아보면 어떨까? 간병 경험이 있으니 그런 쪽 일을 해볼 수도 있고, 아니면 같은 단지의 아기들을 돌볼 수도 있고. 용돈 벌이나 해볼까 해서."

유언장 내용은 작은형에게 전해 들었다. 세 아들에게는 대대로 내려온 선산에 대한 권리가, 어머니에겐 여태껏 살던 작은 평수의 아파트 한 채가 남았다. 건강을 자신하던 아버지는 보험 가입을 마다해왔고, 그 때문에 오랜 투병 생활을 거치며 예금은 대부분 흔적도 없이 사라져버렸다. 어머니를 생각해서 종신보험 같은 걸 권해드려도 아버지는 자기가 죽기를 바라는 거냐면서 벌컥 화를 내기 일쑤였다. 어머니도 싫다는 걸 굳이 강요하지 않았다. 그나마 능력이 되는 작은형이 매달 생활비를 보조해왔지만 어머니 성격상 앞으로는 받지 않으려고 하실 터였다. 그 고생을 하셨는데 이젠 일까지 하시겠다니 가슴이 미어지는 느낌이었다.

"생활비는 제가 부쳐드릴게요."

"그것 때문만은 아냐. 정말 심심해서 그래."

어머니는 이 문제에 대해 오랫동안 고민해온 듯했다.

"제가… 부산으로 내려갈까요? 같이 살까요?"

"얘는 갑자기 무슨 뚱딴지같은 소리야. 내가 왜 너랑 같이 살아, 귀찮게."

어머니는 내 말이 끝나기가 무섭게 선을 그으셨다.

"왜요."

"같이 살면 밥해주고 빨래해주고 청소해주고 그래야 할 거 아냐. 이젠 누구 뒷바라지도 안 할 거야. 안 하고말고. 엄마도 속 편하게 혼자 좀 살아보자."

"그래도 힘들면 말씀하셔야 해요."

"괜찮아, 그럴 일 없어."

"어쨌든 용돈은 부쳐드릴 거예요."

"됐다니까."

한동안 용돈을 받네 마네 하면서 실랑이가 오갔다. 하도 고집을 피우셔서 속이 상했다. 이 문제는 차차 얘기해도 늦지 않겠지. 문득 이번 여행에서 어머니가 내 결혼 얘기를 한 번도 꺼내지 않았다는 사실이 떠올랐다. 그 말수 적은 분이 매번 귀 아프도록 떠들던 유일한 화두였는데.

"아버지 더 안 좋아지시기 전에 신붓감 좀 데려와. 나이가 몇인데…."

두 형이 가정을 이루고 사는 것을 보면서 어머니는 나만 혼자인 것을 안타까워하셨다. 이유도 없이 등을 얻어맞은 적도 여러 번이었다. 그런 어머니가 결혼 얘기에 입을 다문 게 이상하고 어색했다. 그러고 보면 일평생 아버지의 그늘에만 머물던 어머니가 스스로 할 일을 찾아보는 것도 처음 있는 일 아닌가. 긴장과 설렘이 섞인 목소리로 앞으로의 가능성을 이야기하는 어머니를 어쩐지 진심으로 응원해주고 싶었다.

"어머니."

"왜?"

"이제부터 엄마라고 부를까요?"

어둠 속에서 어머니의 웃음소리가 울려퍼졌다.

"왜 웃으세요, 진지하게 물어보는 건데."

어머니가 웃음을 참으려는 듯 깊게 숨을 들이마셨다. 잠시 침묵이 이어지다가 차분한 목소리가 들려왔다.

"그래, 앞으로 엄마 하자. 엄마가 엄마지, 뭐."

아니다.

됐다.

괜찮다.

사양하고 내빼기만 하던 어머니가 기꺼이 내 제안을 받아주었다.

그래, 그렇게 하자.

보통은 엄마에서 어머니로 가는데 우리는 거꾸로구나. 짠한 마음에 어둠 속으로 팔을 뻗어 어머니의 눈과 코, 입을 천천히 어루만졌다. 이내 옆에서 아기처럼 쌕쌕대는 숨소리가 들려왔다.

나의
이력서

1.

퇴로를 끊어버린 것은 누구도 아닌 소영 자신이었다. 그녀를 숨 막히게 한 것은 그곳의 여름 날씨가 아니라 여성을 향한 억압적인 분위기였다. 두 번 다시 그 도시로 돌아가고 싶지 않았다. 가부장제라는 질긴 관습이 견고히 유지되려면 불순물의 유입을 차단해야 하니, 이곳 여자들에게 유학은 금기시된 옵션이었다. 서울로 보내봤자 헛바람만 들고 나쁜 것만 보고 배운다는 게 어른들의 중론이었다. 한술 더 떠 소영의 아버지는 서울로 진학하려면 학비 지원은 아예 포기하라고 엄포를 놓았다. 기어코 가려거든 연을 끊고 가라는 막말도 서슴지 않았다. 고로 떠난다는 것은 다시 돌아오지 않음을 의미했다. 소영은 결기 있게 떠나자고, 오랜 기간에 걸쳐 다짐해왔다.

2.

　소영은 서울의 중위권 대학 불어불문학과에 전액 장학금을 받고 입학했다. 과거와의 단절은 부모로부터의 경제적 독립을 담보로 해야 했다. 그녀는 생활비를 스스로 해결하기 위해 최소 두 개의 아르바이트를 항시 소화했다. 더불어 지속적으로 장학금을 받기 위해 학점 관리에도 신경을 썼다. 하루하루가 학교 수업과 아르바이트만으로 꽉 채워졌고 그녀에겐 실패할 여유가 없었다.

　그렇다 해도 전공 공부는 소영에게 큰 기쁨이었다. 근사한 나라의 언어를 말하고 읽고 쓰는 것만으로도 지금과는 다른, 더 나은 사람이 된 것 같았다. 때때로 수업이 끝난 뒤 혼자 프랑스 예술영화를 보러 가는 일이 소영의 소중한 낙이었다.

　불문과에는 잘사는 집의 예쁜 아이들이 많았는데 그들은 되레 옷을 아무렇게나 걸치고 다녔다. 넝마 같은데 은연중에 비싼 티가 나는 것은 기분 탓일까. 소영은 여윳돈이 모이면 아웃렛에 가서 백화점 브랜드의 제대로 만든 옷 한 벌을 신중하게 고르곤 했다. 세련된 것까진 바라지 않더라도 추레한 모습만은 피하고 싶었다.

　"와, 옷 예쁘다. 어디서 샀어?"

거리낄 것도, 경계할 것도 없어서 자유분방하던 동기 여자애들. 걸레쪽 같은 옷을 제멋대로 입고 다녀도 예쁘기만 하던 그 애들이 긴 속눈썹을 깜빡거리면서 해맑게 물어올 때면 소영은 절로 주눅이 들었다. 한두 번은 순진하게 대답해주었지만 차차 그 아이들이 진짜로 궁금해서 묻는 게 아니라는 걸 깨달았다. 그다음부터는 누군가가 소영이 몸에 걸친 것을 두고 호의적으로 말을 걸면 못 들은 척 지나쳤다.

3.

소영이 홀로 상경한 이듬해 설 연휴에 동생 주영이 서울에 올라왔다. 주영은 그해 봄, 고향의 전문대학에 입학해 집에서 통학을 할 예정이었다.

"김소영, 이렇게 좁아터진 데 살면 답답하지도 않아? 서울이면 무조건 좋은가."

한 살 차이라고 주영은 자주 언니의 이름을 그냥 부르곤 했다.

"어차피 잠만 사는데, 뭘."

소영은 심드렁하게 대꾸했다.

주영은 그때껏 자신이 태어나고 성장한 곳을 벗어나본

적이 없었고, 그럴 필요도 없었다. 그 애는 그곳에서도 자신이 원하는 걸 가질 수 있었다. 누구나 한번 보면 잊을 수 없을 만큼 어여쁜 외모라 이미 중학생 때부터 숱한 구애를 받아온 터였다. 고등학생이 되어서는 지역 유지의 막내아들을 남자 친구로 삼았다. 그 아들내미는 당시부터 자기 용돈을 몽땅 털어서 주영을 여왕처럼 숭배했다. 당시 자매의 옷장 안과 침대 밑에는 그 아이가 선물해준, 엄마가 알면 기절초풍할 가격의 가방과 구두, 옷들이 그득했다.

소영은 여동생의 연애 행각에 시큰둥했다. 어차피 세상에 공짜도, 영원한 것도 없었다. 성인이 되면 치기 어린 사랑은 속절없이 끝나기 마련. 그러니 누릴 수 있을 때 누리는 것도 삶의 한 방식이리라. 다만 소영이 간과한 것이 있었다. 주영의 미모는 대학에 입학할 무렵 더욱 빛을 발했고, 남자 친구는 더욱더 주영에게 헌신하다가 급기야는 청혼을 했다. 주영이 학교를 졸업하면 바로 식을 올리자고.

주영은 혼자 서울 시내를 실컷 돌아다닌 뒤 밤이 깊어서야 술 냄새를 풀풀 풍기며 귀가했다. 바로 쓰러지듯 누운 주영에게 소영이 조심스럽게 말을 꺼냈다.

"다른 사람 더 안 만나봐도 돼? 너는 그렇게 중요한 일을 어떻게 그리 쉽게 결정할 수가 있어? 좀 더 고민해봐야 하는 거 아냐?"

 성향이 워낙 딴판이고 원체 기가 센 아이라 그간 여동생의 사생활에 일절 개입하지 않았지만 이번만큼은 도저히 그냥 넘어갈 수가 없었다.

 "언니, 남자는 다 거기서 거기야. 언니야말로 환상 좀 버려."

 주영은 소영에게 등을 보인 채 낮은 목소리로 내뱉었다.

 "언니만 집이 지겨운 줄 알아? 나도 지겨워. 언니는 서울로 도망가기라도 했지. 나는 그러지도 못했잖아. 그리고 나도 주제 파악 정도는 하거든? 내가 가진 게 얼굴 좀 반반한 것 말고 솔직히 뭐가 있어? 다들 나 머리 나쁘다고 무시하는데 지상이는 누가 뭐래도 그저 내가 좋대. 심지어 내가 그사이에 몇 번이나 다른 남자 만난 것도 다 알면서. 이 정도면 된 것 아냐? 언니가 보기엔 내가 뭘 더 따질 수 있는 처지 같아?"

 주영이 쉴 새 없이 말을 퍼부었다.

 "여자 인생이 결혼해서 애 낳아 키우는 것만 있는 게 아냐. 너도 일을 가지고 당당하게 내 인생을 살아갈 수도 있잖아."

 "또 뜬구름 잡는 소리 한다. 현실을 좀 봐. 나처럼 지방에서 전문대 나온 애는 취직해봤자 겨우 100만 원 될까 말까 한 월급에 커피, 복사, 담배 심부름해. 보아하니 남자 하나 잡아서 일 안 하고 먹고 놀려는 게 못마땅한 모양인데, 그게 나빠? 난 그런 대우 받으면서 구질구질하게 일하고 싶지 않아. 어차피 한번 사는 인생이고 더 편한 방법이 있는데, 왜 그걸 마다해? 더군다나 지상이랑 나는 서로 사랑까지 하는데."

소영은 말문이 턱 막혔다. 가슴 한편에 비수가 꽂힌 것처럼 얼얼했다. 자매는 성격과 외모처럼 일과 결혼에 대한 가치관도 판이했기에 무슨 말을 한들 주영이 반발할 것을 어느 정도 예상은 했다. 그런데도 막상 주영의 입에서 나온 말들은 소영의 아킬레스건을 건드렸다. 소영은 그간 주영을 남자 없이 못 사는 애라며 한심해했지만, 정작 주영이 볼 때 그런 제 언니야말로 제대로 된 사랑 한번 해본 적 없는 불쌍한 여자였다. 주영을 등지고 누운 채 소영은 정신이 멍해졌다. 나는 과연 제대로 살고 있는 것일까.

4.

소영이 처음으로 연애를 한 건 그로부터 얼마 지나지 않아서였다. 그 뒤에도 간헐적으로 만남이 이어졌지만 모두 얼마 못 가 연락이 끊겼으니 딱히 사귀었다고 하기도 애매했다. 전부 남자 쪽에서 먼저 다가왔고 남자 쪽에서 그만 만나자고 했다.

"그렇구나. 알았어."

소영은 일방적인 통보를 담담하게 받아들였다. 내심 그렇게 무미건조하게 반응하면 상대가 동요하지 않을까, 마음을 달리 먹지 않을까, 하는 계산도 섞여 있었다. 판단 미스였다.

"너한텐 참 쉽구나."

남자들은 허탈한 말투로 못마땅하다는 듯이 중얼거렸다. 직접 만난 경우라면 대개 표정이 일그러진 채 먼저 자리에서 일어났다. 전화 통화라면 한참 침묵하다가 툭 하고 먼저 끊어버렸다. 소영의 반응이 그들의 무언가를 건드린 것이었다. 소영은 남자들의 이중적인 태도를 이해할 수 없었다. 막상 자신이 못 헤어진다며 울고불고 매달리면 그건 그거대로 부담스러워할 게 뻔했다. 제대로 사귄 것도 아니라면서 대체 뭐가 문제지.

"솔직히 말하자면, 이런 일이 자꾸 반복되는 건 네 문제일 수가 있어."

아르바이트하던 빵집의 주인 언니가 그렇게 지적했을

때 소영은 굳이 부인하지 않았다. 그간 소영 역시 원인을 생각해보지 않은 게 아니었다. 도서관에서 정신과 의사나 심리학자가 쓴 책을 뒤적여보기도 했다. 그들의 주장에 따르면 문제는 소영이 어릴 때 부모로부터 정상적인 사랑과 관심을 받지 못한 데서 기인했다. 충분히 사랑을 받아본 경험이 없어서 그런 기대를 무의식중에 접어버리는 것. 실망을 피하고자 한 발 가까워지면 두 발 물러서기를 반복하는 것. 상대를 지치게 하거나 질려버리게 만들어 관계를 먼저 끊게 한 뒤 그 전개에 도리어 안도하는 것. 항상 관계에서 도망갈 채비를 하고 있는 것.

그즈음 교양 수업에서 철학과 학생인 지훈을 만났다. 그가 소영의 옆자리에 앉은 것을 계기로 두 사람은 연락을 주고받게 되었다. 지훈이 두 학번 위였지만 군대를 마치고 와서 학년은 하나 아래였다. 여느 때처럼 소영은 만남이 거듭될수록 머지않아 다가올 이별을 상상했다. 하지만 지훈은 달랐다. 다른 남자들이 인내심을 잃어가던 지점에서도 흔들리지 않았다. 그녀가 쉽게 날카로워질 때마다 그는 말없이 보듬어주었다. 소영은 처음 겪어보는 관계의 양상에 놀랐지만 섣불리 기대하지 않으려고 애썼다. 아직은 연애 초반이라 그가 무리하는 것일 수도 있고 괜한 기대를 품었다간 나중에 마음만 더 다칠 뿐이니까. 한결같은 모습의 지훈에게 점점 더 마음이 갔지만 앞에서는 아무렇지도 않은 척 감정을 억눌렀다. 다음에도, 그다음에도 지훈은 소영을 품에 안은 채 높고 거친 파도를 넘었다.

"잘 잤어? 날이 좋으니까 보고 싶다."

그는 다투고 난 다음 날도 아무것도 기억나지 않는다는 듯이, 아무 일도 없었다는 듯이 평소처럼 전화를 걸어왔다. 한없이 밝은 목소리에 울컥한 소영이 가시 돋친 말투로 쏘아붙였다.

"대체 왜 이래? 관두고 싶으면 그냥 그렇다고 말해. 사람 마음 갖고 장난하는 거야 뭐야."

수화기 너머에서 침묵이 흘렀다. 소영은 내심 마음의 준비를 했다.

"네가 좋아서 그래. 사람이 좋은 데 무슨 이유가 필요해."

다정한 목소리에 긴장이 풀리며 온몸에서 힘이 빠졌다.

"내가 널 사랑한다고."

지훈은 더없이 확고한 어조로 소영의 입을 막았다.

정말 소중한 것은 말로 표현할 수 없다는 말은 허구였다. 소영은 자신이 아주 오래전부터 사랑한다는 말을 간절히 원해왔고, 총체적이고 유보 없는 사랑을 필요로 하고 있었다는 것을 비로소 깨달았다. 누가 뭐래도 너는 존재 그 자체만으로 좋은 사람이자 근사한 여자라고 긍정해줄 사랑. 어느덧 그녀의 가슴속에서 희뿌연 안개가 걷히고 따스한 바람이 나부꼈다. 소영은 겹겹이 입고 있던 마음의 갑옷을 떼어 내려놓기로 결심했다.

5.

두 사람은 여느 연인들처럼 도서관 자리를 맡아주고 서가 구석진 곳에서 입을 맞추었다. 사이사이 끝도 없이 이야기를 나누었다. 소영은 지훈에게 무엇이든 털어놓을 수 있어서 좋았다. 하물며 제 치부가 될 만한 일도 서슴없이 입 밖에 내놓았다.

"내 어디가 좋아?"

지훈 앞에서는 평생 부려본 적 없던 어리광도 가끔 튀어나왔다.

"의지가 담긴 턱선, 똑똑해 보이는 눈빛이 좋아."

이따금 두 사람은 먼저 졸업할 소영의 취업 문제를 놓고 진지하게 상의하기도 했다. 그때마다 지훈의 입에서는 비슷한 표현들이 흘러나왔다. 강하다, 의지가 굳세다, 생각이 단단하다…. 지훈은 자력으로 공부하며 생활해나가는 소영이 자기보다 더 강인한 사람이라고 예찬했다. 정말 훌륭하다는 말도 덧붙였다. 소영은 고개를 갸웃거리면서도 그 따스함에 흠뻑 취했다. 부모의 무관심에 상처받고, 계집애가 너무 드세고 고집이 세다는 소리만 귀가 따갑도록 들었는데, 이제 자기 안의 그 어린아이가 위로받고 있었다. 어쩌면 자신이 정말 괜찮은 사람일지도 모른다는 희망을 품을 수 있었다.

6.

겨울로 접어들 무렵 두 사람의 관계에 미세한 균열이 생기기 시작했다. 직접적인 원인은 지훈에게 생긴 변화 때문이었다. 그의 아버지가 보증을 잘못 서면서 집안 형편이 어려워진 것이다. 지훈은 자신감은 물론, 특유의 낙천성과 여유도 잃어갔다. 전보다 자주 술을 마셨고 술에 취하면 소영에게 전화를 걸어 짜증과 응석을 부렸다.

소영은 지훈의 절망감을 이해할 수 없었다. 형편 좀 어려워졌다고 사람이 이렇게까지 무너져 내릴 수 있나. 둘러보면 그 정도로 어려운 사람은 쌔고 쌨는데. 대학원 진학이 어려울 것 같다느니, 이젠 아르바이트해서 생활비를 보태야 한다느니, 밥 한 끼 마음 놓고 사줄 수 없다느니 하면서 짜증을 내는 것도 받아들이기 어려웠다. 이미 자신에게는 일상이 된 일들이었다. 다수가 겪고 있는 곤란을 개인 차원의 고통으로만 받아들이는 모습이 철없게 느껴졌다.

"오빠, 원래 사는 게 불공평한 거야."

한밤중에 만취한 지훈의 넋두리를 들어주는 일에 지쳐갈 때쯤 소영은 저도 모르게 냉소적으로 반응했다. 지훈은 감정이 상한 듯 비아냥대는 어조로 소영의 말을 맞받아쳤다.

"나보다 한참 더 살아본 것처럼 말한다. 되게 어른 같은데?"

"내 말은 상황이 항상 바라는 대로 흘러가주진 않는다는 얘기지."

당연하다고 믿는 것들이 실은 결코 당연한 게 아니라는 걸 그는 왜 모를까. 그간 지훈이 누려온 것들은 차라리 행운에 가까웠다.

"그러니까 불평 말고 곱게 받아들이란 말이지? 인생 계획이 죄다 틀어지게 생겼는데!"

지훈의 목소리가 격앙되었다.

"사람마다 짊어져야만 하는 짐이 있어."

"거봐. 사내새끼가 징징대지 말라는 소리잖아."

소영은 취한 사람과의 대화가 무의미하다는 것을 알았지만, 그럼에도 지훈이 자신의 입을 막아버리는 느낌에 절망했다.

"오빠도 그렇고, 나도 그렇고, 다른 사람들도 다 각자 힘든 일을 끌어안고 살아. 절대 오빠만 그렇다고 생각하지 마. 왜냐하면 실제로 그렇지 않으니까."

"소영아…."

"응, 말해."

"소영아…."

"왜?"

"너랑 하고 싶어. 지금 바로 갈게."

낮게 깔리는 목소리에 소영은 잠시 할 말을 잃었다.

"무슨 소리야, 이 시간에."

"나한텐 너밖에 없잖아. 지금 네가 필요해."

"안 돼. 너무 늦었고 많이 취했어. 얼른 집으로 들어가."

소영은 최대한 단호하게 보이려고 단어 하나하나를 꾹꾹 눌러서 말했다.

"내가 너한테 어떻게 했는데… 너는 날…."

지훈은 연신 뭉개지는 발음으로 중얼거렸다. 대화가 뚝

뚝 끊기면서도 통화는 동틀 무렵까지 이어졌다. 간신히 어르고 달래서 그를 귀가시키고 나면 소영은 그대로 뻗어버렸다. 그런 날이면 꿈에서조차 누군가에게 쫓기곤 했다.

그런 상태가 다음 학기 내내 이어졌다. 소영은 그 학기를 어지간히 망쳐버렸다. 취업에 고스란히 반영될 성적이었다. 지훈은 계속 자기 불행에 취해 비틀거렸고 그 울분을 소영에게 터트렸다. 소영은 빚을 갚는 심정으로 독소 가득한 배설을 받아냈지만 출구가 보이지 않았다. 알 수 없는 책임감이 그녀를 이끌었다.

그럼에도 두 사람은 형식적으로 연인 관계를 유지했다. 아직은 상대를 놔주고 혼자가 될 자신이 없었다. 어떤 종류의 관성이 두 사람 사이에서 작용했다. 점점 관계에 침전물이 쌓여갔다. 평소에는 드러나지 않다가도 사소한 계기로 부딪힐 때 작은 앙금들은 맹렬한 폭발을 불러왔다.

"넌 사람들을 내려다볼 때가 있어. 네 기준에 안 차면 무시하지. 그 표정을 직접 봐야 해. 사람을 얼마나 질리게 만드는지 모를 거다."

"그런 적 없어."

"내가 그렇게 만만해? 네 성에 안 차? 나도 한계라는 게 있어."

"그거 자격지심이야, 오빠. 괜히 화낼 이유를 만들려고 하지 마."

"네가 상대를 그렇게 몰아간다고는 생각 안 해?"

소영은 마음을 최대한 무디게 만들고 그 상황이 지나가기만을 기다렸다. 문득 부모님의 모습이 떠올랐다. 아무 징조도 없이 폭발해 마구잡이로 폭력을 행사하던 아버지와 그런 아버지를 견뎌내며 분노를 삭이느라 일그러진 표정이 자리 잡은 엄마. 거울을 들여다보니 자신의 얼굴이 무기력하게 아버지를 대하던 엄마의 얼굴과 닮아 있었다.

두 사람의 말다툼은 이따금 격렬한 몸싸움으로 번지기도 했다. 지훈이 고함을 지르면서 손에 잡히는 물건을 내던지면 소영은 지훈을 떠밀었다. 지훈이 소영에게 달려들어 거칠게 팔목을 붙들었다. 소영이 그 손길을 뿌리치려고 마구잡이로 팔을 휘둘렀고 지훈은 힘으로 밀어붙여 소영을 꼼짝 못 하게 했다. 한참 뒤 둘 다 기진맥진해지면 이 싸움이 어디로 향할지는 뻔했다. 누군가의 입에서 미안하다는 말이 나오고 그것이 신호탄이 되어 섹스가 시작되었다. 완전히 지쳐버렸는데도 성욕만은 강했다. 소영의 몸은 반사적으로 물기를 머금어 지훈을 받아들였고, 지훈 역시 집요하게 익숙한 온기 속으로 파고들었다. 격정적인 섹스 뒤에는 좁은 싱글 침대에서 열 시간가량 죽은 듯이 꼭 붙어 잤다. 그 시간만큼은 연애 걱정, 취직 걱정, 돈 걱정, 그리고 관계에 대한 걱정까지도 잠시나마 보류할 수 있었다. 존재하는 것은 그저 한 여자와 한 남자의 원시적인 성욕과 수면욕, 그리고 관습화된 친밀함이었다. 잠든 내내 그녀의 숨결이 그의 목덜미를 덮혔고 그의 입술은 그녀의 이마에 닿아 있었다. 그렇게 또 한 번 둘은 이별의 위기를 넘겼다.

7.
"서울에서 가장 비싸고 좋은 호텔에서 자보고 싶어."
두 사람은 소영의 졸업을 앞두고 여행을 계획했다. 지훈의 입에서 고속버스나 기차로 갈 수 있는 도시명이 줄줄 나열되었지만 소영은 어느 곳도 끌리지 않았다. 그러다가 엉겁결에 입 밖으로 나온 말에 스스로도 놀랐다. 주로 집에만 머물던 그간의 데이트 패턴에 불만이 있어서도, 졸업반 동기들이 주말마다 호텔 커피숍에서 맞선을 본다는 얘기를 들어서도 아니었다. 그저 자신을 현실과 아주 먼 공간에 데려다 놓고 싶었다.

처음에는 서울에 집 놔두고 뭐 하러 다른 데 가서 비싼 돈 주고 자느냐고 타박하던 지훈도 막상 객실에 들어서자 표정이 밝아졌다. 그는 고양된 기분을 숨기지 못한 채 객실 조명을 조절하는 스위치를 껐다 켜보고, 욕실에 들어가서 욕조와 샤워 시설, 세면대 옆 세안 용품을 점검하고, 텔레비전 아래 서랍을 열어보고, 킹사이즈 침대의 탄탄함을 엉덩이로 확인해보았다.

"좀 걸릴 거야."

"어, 천천히 해."

소영이 먼저 욕실로 들어갔다. 그녀의 방보다도 널찍한 크기에 은은한 간접 조명이 설치된 내부는 호사스러운 분위기를 자아냈다.

소영은 욕조에 온수를 받고 입욕제를 푼 뒤 천천히 몸을 눕혔다. 눈을 감고 있노라니 구름 위에 떠 있는 것 같았다. 조금만 더. 조금만 더. 비현실적이고 비일상적인 공기에 취하자 한없이 나른해졌다. 한참이 지나서야 소영은 식어버린 물에서 간신히 빠져나올 수 있었다.

곧바로 문 뒤에 걸려 있던 목욕 가운을 걸쳤다. 새하얗고 폭신폭신한 감촉이 온몸을 휘감았다. 할리우드 흑백영화의 여배우처럼 머리카락을 수건으로 돌돌 말아 올린 뒤 세면대의 거울을 들여다봤다. 발갛게 달아오른 볼과 티 없이 매끄러운 피부가 더없이 만족스러웠다.

티끌 하나 없이 깨끗한 객실과 욕실. 더없이 쾌적한 습도와 온도. 모든 욕구를 채워줄 것 같은 직원들의 섬세함. 인생살이에 지친 소영에게 호텔은 꿈결 그 자체였다. 그녀는 이런 곳을 자주 드나들 수 있는 어른이 되자고, 다짐하며 욕실을 나왔다.

어느새 해가 져 객실 안이 어두컴컴했다. 반쯤 열린 커튼 사이로 도시의 야경이 눈부시게 빛났다. 지훈은 침대 한구석에 쪼그린 채 잠들어 있었다. 언뜻언뜻 새어 드는 불빛이 그의 옆얼굴을 비쳤다. 소영은 조용히 창가로 다가갔다. 창밖으로 무한한 가능성을 내뿜는 도심의 야경이 한눈에 들어왔다. 그 화려함 앞에서 초라한 현실이 더욱 부각되는 것 같았다.

지훈은 무슨 일이 있어도 먼저 이별을 고하지 못할 터였다. 소영을 위해서라기보다는 그런 책임을 감당할 수 없어서였다. 그간의 일들이 떠올랐다. 서로 상처를 주고받으며 조금씩 무뎌져간 흔적만이 가득했다. 두 사람의 관계는 더 이상 앞으로 나아갈 수 없었다. 사랑에 대한 확신도 시간의 흐름에 떠밀려 엷어지고 있었다. 그사이 많은 것이 변했다. 소영은 몸을 돌려 세상모른 채 자고 있는 지훈을 바라봤다. 무방비한 어린아이 같았다.

그날 밤이 두 사람이 함께 보낸 마지막 밤이었다. 소영은 먼저 이별을 통보함으로써 자비를 실천하기로 결심했다. 예상대로 지훈은 부정했다. 마침내 완전한 이별에 이르기까지 두 사람은 다시 한번 숱한 과정을 반복했다. 마지막 학기 내내 소영은 눈코 뜰 새 없이 바빴다. 뒤늦게 후폭풍이 몰려올 때도 이별의 상처로 허덕일 여유조차 없었다. 다만 시간이 모든 것을 해결해준다는 사실에 기대볼 뿐이었다.

8.

소영은 실전에 강한 타입이라 취업에 자신이 있었다. 이름만 들으면 다들 고개를 끄덕일 만한 대기업을 목표로 원서를 준비했다. 하지만 갑작스럽게 불어닥친 외환 위기는 취업 전망을 극도로 어둡게 만들었다. 공채 규모부터 반토막이 나더니 서류 심사조차 통과하기 어려웠다. 한두 곳만 빼면 중소기업으로 눈을 돌려야 할 판국이었다.

그즈음 외국계 특급 호텔이 신문에 낸 구인 광고가 소영의 눈에 들어왔다. 공고문에는 마케팅과 세일즈, 프런트 데스크, 그리고 레스토랑에서 일할 약간 명을 구한다는 문구가 한글과 영문으로 나란히 적혀 있었다. 소영은 영어와 불어는 꾸준히 연마해서 자신이 있었고 호텔 취업에는 여성이 더 유리하다는 말도 들은 바 있었다.

공들인 영문 이력서와 자기소개서로 서류 전형을 통과한 소영은 교수들로부터 차분하고 논리적이라는 말을 들었던 터라 면접에도 자신이 있었다. 하지만 대기 장소인 연회장은 백여 명의 응시자로 꽉 차 있었고 그들이 내뿜는 공격적이고도 절박한 기운에 눈앞이 깜깜해졌다. 소영은 간신히 마음을 다잡고 면접을 마쳤다.

일주일 뒤 호텔의 인사과장이라는 사람으로부터 연락이 왔다. 그는 의례적인 인사 멘트를 한 뒤 단도직입적으로 말을 이어갔다.

"아쉽게도 지원하신 마케팅과 세일즈 부서에는 합격하지 못하셨습니다. 그런데 혹시 다른 포지션에서 일할 의향이 있으신지 확인하려고 연락드렸습니다."

"어떤 포지션 말씀이신가요?"

"저희 호텔에서 신규 오픈하는 프렌치 레스토랑에서 일할 생각은 없으신가요?"

"레스토랑이요? 구체적으로 어떤 일을…."

"홀 웨이트리스 업무입니다."

순간 소영은 자신의 귀를 의심했다. 이력서를 다른 사람과 혼동한 건 아닐까. 인사과장은 설명을 이어나갔다.

"단순 서빙 업무와는 다릅니다. 관리자급 직원을 양성하기 위해 만든 호텔업계만의 특수한 포지션이라고 보시면 됩니다. 1~2년 정도씩 호텔의 주요 부서를 돌면서 일을 배우는데 처음 배치되는 곳이 업장, 즉 레스토랑이 되는 거지요."

소영은 여전히 어리둥절했다. 설명이 필요한 일이라는 것은 그리 긍정적인 인상을 주지 못했다. 인사과장이 조곤조곤 설득을 이어갔다.

"서울에서 가장 품위 있는 프렌치 레스토랑이 될 겁니다. 손님들 수준이 높다 보니 직원 한 분 한 분을 신중하게 뽑으려는 입장이고요. 저희는 김소영 씨의 외국어 구사 능력을 높이 평가하고 있습니다."

소영은 고개를 저었다. 말이 아무리 번지르르하다 해도 본질은 식당에서 밥을 나르는 것이 아닌가. 마음 같아서는 수화기를 당장 내려놓고 싶었지만 훼손된 자존심을 다독이며 하루만 생각할 시간을 달라고 말했다. 혹시 나중에 어떤 인연으로 만날지 모르니 이렇게 말해두는 것이 예의였다.

"하루라니요. 제가 사흘 후에 연락드리겠습니다."

그는 정중하되 사무적인 어조로 일관했다.

소영은 전화를 끊고 침대에 누워 자신이 처한 현실을 헤아려봤다. 대학 나와 겨우 서빙이나 하려고 고향까지 등졌냐? 아버지의 멸시 어린 목소리가 귓전에 맴돌았다. 서울에 올라온 뒤 아등바등 버텨온 시간이 허망하게만 느껴졌다. 그녀는 군데군데 얼룩진 천장을 올려다보다가 눈을 질끈 감았다. 일단 어디서든 시작을 해야만 한다. 더구나 이젠 그 누구의 시선도 의식할 필요가 없었다.

나만 중심을 잡으면 된다고 생각하니 답은 의외로 간단했다. 이튿날 소영은 인사과장에게 먼저 연락했다.

입사하자마자 자신이 지원했던 부서에 어떤 이들이 합격했는지 알아보았다. 미국에서 유년기를 보내고 서울의 명문대 영문학과를 졸업한 여자와 그에 버금가는 대학의 경영학과를 나온 남자, 그리고 호주의 대학원에서 호텔경영학을 전공한 남자였다. 다들 인물이 훤하고 신입 같지 않게 여유가 넘쳐 보였다. 여러 면에서 구김살 없이 자란 이들에 대한 열패감을 내려놓고 일에 몰두하기로 했다.

긍정적으로 보면 되었다. 이곳은 서울, 아니 한국 최고의 호텔이었다. 스물네 시간 가동되니 직원 식당에서 하루

세끼에 야식까지 먹을 수 있었다. 그만큼 식비를 아낄 수 있고 유니폼 덕분에 옷값도 들지 않았다.

소영은 레스토랑에서 지배인을 제외하고는 영어와 불어 실력이 가장 뛰어났다. 외국인 손님은 대부분 소영이 담당했다. 손님들로부터 발음이 좋다는 칭찬을 자주 들었다. 일터에서 외국어를 수시로 구사할 수 있다는 건 큰 장점이었다. 단순히 서빙만 한다고 생각하지 않고 요식업이 운영되는 체계에 대해 공부할 기회라고 생각하기로 했다. 지배인에게도, 셰프에게도, 손님에게도 배울 점은 얼마든지 있었다.

무례한 손님이 적은 건 다행이었지만 무엇 하나 부족할 게 없어 보이는 사람들이 너그러운 성품까지 지녔다는 것에 어쩐지 마음 한편이 배배 꼬였다. 이들이 도덕성까지 갖추면 사다리 아래에 있는 사람들은 대체 어쩌란 말인가. 이런 일로 울컥하는 자신이 바보같이 느껴졌다.

"오빠, 원래 사는 게 불공평한 거야."

예전에 자신이 지훈을 나무라면서 했던 말이 떠올라 부끄럽기도 했다.

사실 견디기 힘든 순간은 따로 있었다. 마케팅과 세일즈 부서로 발령이 난 동기들이 고객 접대차 소영이 일하는 레스토랑을 찾을 때였다.

  같은 시기에 뽑힌 신입 사원들은 소속 부서와 상관없이 동일한 유니폼을 입고 2박 3일 연수를 받았더랬다. 연수에서는 무엇보다도 가족의 가치가 강조되었다. 호텔 정문에서 차 문을 열어주든, 주방 구석에서 양파를 까든, 총무 부서에서 재정 업무를 맡든 호텔에서는 모두가 불가결한 존재이다. 서로 돕고 협조해야 한다. 연수 때는 그 말이 제법 일리 있어 보였다. 실제로 한동안은 드넓은 호텔에서 동기를 만나면 그렇게 반가울 수가 없었다. 하지만 손님으로 만나면 이야기가 달라졌다.

  공교롭게도 해외파인 그들은 대개 외국인 고객을 데리고 왔다. 하는 수 없이 소영이 그 테이블을 맡았다.

  "소영!"

  동기들은 요란스럽게 손을 흔들며 반가움을 표현했다. 하지만 소영의 입장에서는 어디까지나 손님인 그들을 같은 태도로 응대할 수 없었다. 악의가 있든 없든 곤욕스러운 상황이었다. 그녀는 고개를 끄덕이면서 입가에 희미한 미소를 띨 뿐이었다.

  "반가워. 잘 지냈지?"

  소영은 깍듯한 태도로 메뉴판을 건네며 오늘의 스페셜

에 대한 설명을 곁들였다. 그쯤 돼서 눈치껏 입을 닫아주면 좋으련만.

"그녀의 불어 실력, 대단하지 않나요?"

"정말 대단하네요."

고객들은 엎드려 절 받기 식으로 칭찬에 동의할 수밖에 없었다.

"그거 아세요? 우리는 친구 사이랍니다. 같이 사원 연수를 받았죠."

그러면서 입사 동기라는 개념을 이해하지 못하는 외국인에게 한국의 공채 문화를 설명하기도 했다. 그때마다 소영은 새로운 종류의 모멸감을 경험하면서 그들의 대화가 끝나기만을 기다렸다. 얘기가 길어지면 슬쩍 시선을 돌려 통유리 너머 서울의 야경을 내다보기도 했다. 한때는 반짝이는 도심이 고향보다도 친숙하다고 느낀 적도 있었다. 그러나 그 순간만큼은 자신이 어디에도 도달하지 못한 채 부유하고 있는 먼지 같았다. 묘한 기시감을 털어내며 소영은 다시 영업용 미소를 지었다.

9.

프런트 데스크에 공석이 생기자 인사과장은 가장 먼저

소영에게 면접을 권했다. 총지배인 면접에서 좋은 평가를 받은 그녀는 무난히 보직을 옮길 수 있었다.

총지배인은 아랍계 프랑스인으로, 프랑스인 특유의 거만함이 없는 사람이었다. 그는 수시로 한국 문화와 음식, 한국 사람들에 대한 호감을 드러내곤 했다. 또한 사무실에 지긋이 붙어 있기보다는 호텔 곳곳에 불쑥불쑥 나타나 마치 암행어사처럼 불만 사항을 접수해서 해결사 역할을 하는 것을 좋아했다. 호텔 꼭대기 층의 방 두 개를 거주지로 삼고는 하우스키핑 직원들을 포함해 모두와 격의 없이 지냈다. 프런트 데스크는 그가 가장 자주 들르는 곳이었다. 총지배인이 길쭉한 두 다리로 성큼성큼 다가오면 프런트 직원들은 다른 일로 바쁜 척하거나 한 사람—막내인 소영—만 남겨두고 사무실로 쏙 들어가버렸다.

"어때요? 일은 할 만합니까?"

총지배인은 한국어로 말을 걸었고 반대로 소영은 불어로 대답했다.

"제 첫 포스트는 저기였어요, 벨 데스크. 보기보다 꽤 유능한 벨보이였답니다."

밑바닥부터 차근차근 경력을 쌓아온 총지배인은 호텔 일에 자부심이 남달랐다. 그와의 대화는 시야를 넓혀주었고 소영은 그 대화가 귀찮기는커녕 즐거웠다. 하지만 다른 직원들의 생각은 달랐다.

"총지배인님이 소영 씨를 참 좋아하는 것 같네."

야릇하게 비아냥거리던 직원들도 있었다. 하루는 프런트에서 체크아웃을 마친 백발의 외국인 손님을 그가 직접 정문까지 배웅했다.

"방금 저와 같이 나간 손님을 보았나요?"

"네, 저희 호텔에 자주 투숙하시는 단골손님이에요."

"그리고 제 오랜 친구이기도 하지요. 요즘엔 제가 아니라 소영 씨 때문에 이곳에 묵는다고 칭찬이 자자하더라고요. 불어 실력도 훌륭하지만 일 처리도 빠르고 유연하고… 훌륭한 직원을 두었다고 저도 덕분에 칭찬받았습니다."

이렇게 노골적인 칭찬은 처음이라 소영은 어찌할 바를 몰랐다. 그 손님은 알고 보니 투자금융계의 큰손이었다.

입사 4년 차에 접어들 무렵 소영은 인사 팀으로부터 호출을 받았다. 귀빈층 라운지를 담당하는 매니저가 출산휴가에 들어가는데 그 자리를 맡으면 어떻겠냐는 제안이었다. 갑작스러운 이동은 총지배인의 아이디어라고 했다. 그렇게 또 한 번 소영은 유니폼을 바꾸게 되었다.

귀빈층 라운지는 호텔 고층에 자리한 귀빈층 투숙객만의 전용 공간이었다. 두 명의 매니저가 번갈아 데스크를 지키며 라운지를 관리하면서 귀빈층에 묵는 손님들이 필요로 하는 일을 전방위적으로 지원했다.
　"기본적으로 자기들이 알아서 하는 사람들이니 별로 손이 갈 것도 없어. 오히려 가만히 두는 걸 편해하니까 나서지 말고 인사만 잘해. 자주 오는 사람들 이름은 외워두고."
　임신 막달의 전임자가 배를 만지작거리면서 인수인계를 했다. 소영의 생각은 달랐다. 어쩌면 손님들은 임신한 전임자를 배려해서 도움을 요청하지 않은 것일 수도 있었다. 수동적인 태도를 버리고 능동적으로 서비스를 제공하는 것이 진정한 환대다. 나는 나의 방식대로 하자.
　소영은 손님에게 방해가 되지 않는 한 먼저 다가가서 편의를 확인하고 자신이 도울 수 있는 일이 없는지 물었다. 알고 보면 대부분은 도움이나 조언을 필요로 했다. 고도로 전문화된 직종에 종사하는 이들은 시간을 효율적으로 사용하길 원했고, 항상 최신의 정보를 갈구했다. 소영은 기지와 민첩함으로 그들을 지원했다. 어느덧 귀빈층 라운지는 호텔에서 가장 바쁜 부서 가운데 한 곳이 되었다. 어떤 투숙객은 따로 메모를 남겨 귀빈층 라운지 매니저의 성의 있는 도움으로 자신의 비즈니스 트립이 성공적일 수 있었다며 칭찬을 아끼지 않았다.

2년 뒤 마케팅부 담당 매니저가 퇴사하면서 그 자리가 공석이 되었을 때 총지배인은 소영을 추천했다. 마케팅부 매니저는 광고와 브로슈어, 매뉴얼과 레터 등을 통해 대내외 고객과의 소통을 총괄했다. 명실공히 파격 승진이라 회사 내에서는 뒷말이 돌았다. 내용은 뻔했다. 총지배인이 소영을 편애해서 특혜를 주고 소영은 종종 그의 방을 찾아간다더라.

"추천은 감사합니다만, 솔직히 제가 그 일을 맡을 만한 자격이 있는지 모르겠습니다."

소영은 귀빈층 라운지에 들른 총지배인에게 허심탄회하게 속내를 털어놓았다. 소문도 소문이지만 부장급 이상 관리자들이 자신의 이동을 반대했다고 들은 터라 마음이 편치 않았다.

"의향을 먼저 묻지 않아서 미안합니다. 하지만 당신은 그 일을 할 자격이 충분해요. 사람들이 이러쿵저러쿵하는 것은 신경 쓰지 마세요. 일은 정직하니 일만 바라보세요."

소영은 마침내 유니폼을 벗었다. 창가 자리에 개인 책상도 생겼다. 첫 사무직 커리어치고는 책임도, 권한도 컸다. 연봉이 쑥 올랐다. 사무실 저편에 앉아 있던 세 명의 입사 동기 '친구'들은 그사이 모두 퇴사해버렸다.

그녀는 총지배인의 조언을 마음에 담고 같은 층 사람들의 텃세에 휘둘리지 않으려고 애쓰면서 새 업무에 적응해갔다. 젊은 여자가 직장 생활에서 성과를 거두면 반드시 이런 식의 공격을 받는다는 것을 그간의 경험으로 체득하고 있었다. 사람들은 결국 자기가 보고 싶은 대로 볼 뿐이다. 그런 편향된 시선은 무시하면 그만이었다. 아니, 보란 듯이 내 일로 만들어버릴 것이다.

주중엔 일에 매달렸다. 하다가 막히면 동료든 외부 전문가든 그 일을 잘 알 법한 사람들에게 물어 자신의 것으로 소화했다. 체력을 다지기 위해 주 3회 피트니스 클럽에서 운동을 했다. 잠들기 전까지 일에 도움이 될 만한 전문 서적을 탐독했다. 예전에 입던 옷은 싹 다 기부하고 현재 업무에 걸맞은 스타일의 옷들을 새로 마련했다.

사생활은 사실상 포기할 수밖에 없었다. 이따금 남자를 소개받고 데이트를 했지만 결혼 생각은 없었다. 일을 그만두거나 직장과 가정을 함께 짊어지는 것, 어느 쪽도 썩 마음에 드는 선택지가 아니었다. 조금 잘났다 싶은 남자들은 예외 없이 자기를 떠받들고 챙겨주는 여자를 원했다. 관계 유지에 들이는 노동도 대개 여자가 맡아줄 것을 요구했다. 소영은 이제 그런 것들이 지겨웠다. 대신 연하의 무해한 남자들을 만났다. 체력과 호기심이 넘치는 그들은 연상의 여자를 성적으로 만족시키려 애썼고, 소영은 그런 단순한 열정이 싫지 않았다. 물론 업무 관계로 만나는 남자는 철저히 배제했다. 질척거리거나 개인 영역을 침범하려 하거나 삶의 방식을 판단하거나 구속하려고 할 때도 가차 없이 끊어버렸다. 소영이 원하는 것은 몸과 마음을 온전히 자기 자신이 통제하고 있다는 실감이었다.

10.

몇 년 뒤 국내 대기업이 소영이 속한 호텔의 지분을 사들여 경영권을 인수했다. 총지배인은 프랑스로 돌아갔고, 대신 대기업 총수 일가의 둘째 따님이 그 자리를 차지했다. 직원들의 물갈이가 시작되었다. 호텔업에서 잔뼈가 굵은 임원들을 내보내고 대기업 출신 중역들로 그 자리를 채웠다. 그들이 자기 사람들을 데려와서 여러 포지션에 배치했다. 호텔이라는 서비스 업종에 맞지 않는, 제조업 특유의 보수적이고 권위적인 문화가 함께 들어왔다. 신설된 기획실에 의해 총체적인 내부 감사가 이루어졌고 그 과정에서 외주 업체로부터 뒷돈을 챙겨온 관리직 매니저들이 적발되었다. 외주 거래처는 새로 온 사람들이 추천한 업체로 바뀌었다.

  소영의 업무는 전자 제품 마케팅 부서에서 일했던 남자가 대신했다. 소영은 리베이트 건으로 잘린 부장 대신에 객실 관리 부서를 도맡게 되었다. 호텔의 여러 부서를 두루 경험한 덕에 내부 시스템을 잘 알아서, 라는 게 발령 사유였으나 문외한들이 보기에 단지 여자라는 이유로 객실 관리가 어울릴 거라 판단했으리라. 어떤 이들은 좌천의 성격을 띤 인사 조치라고 봤지만 소영은 이제 그런 분류가 무의미하다는 것을 알 만큼 성숙해져 있었다.

  11.

  소영은 호텔 대회의실에서 직속 상사인 부총지배인과 함께 목욕 가운 샘플을 검토하고 있었다. 세 가지 사이즈의 수건과 함께 정기적으로 교체해줘야 할 시점이었다. 새 경영진은 일정 규모 이상의 예산을 쓸 때는 반드시 최소 세 개 업체 간 입찰 경쟁을 통해 협력사를 선정하라는 지시를 내렸고, 이제 막 두 번째 업체의 제품 소개가 끝난 참이었다. 그 외에도 처리해야 할 일이 산더미라 소영은 중간 휴식 없이 마지막 업체를 들여보내라고 지시했다.

양복을 입은 남자 셋이 들어와 꾸벅 인사하더니 맞은편에 착석했다. 오른편에 앉은 남자가 자신을 대표라고 밝힌 뒤 옆에 앉은 직원들을 소개했다. 그사이 테이블 아래에서 문자메시지를 입력하던 소영은 마지막으로 '차지훈 과장'이라는 말을 듣고 휴대폰을 바닥에 떨어트릴 뻔했다. 그녀는 마음의 동요를 가라앉히고 고개를 들었다. 세월의 흔적이 엿보였지만 익히 기억하는 얼굴이었다. 양복을 입은 모습이 생소했다.

지훈은 대표가 제품을 소개하는 내내 시선을 고정한 채 고개를 끄덕이며 호응했다. 소영을 전혀 의식하지 않는 듯했다. 못 알아보는 걸까. 그럴 수도 있지. 소영이 착잡해하는 사이 설명이 끝났다.

"그럼 살펴보시고 연락 주십시오."

사람들이 빠져나간 뒤 소영은 회의실에 혼자 남아 아까의 풍경을 복기했다. 지훈은 끝까지 알은체하지 않고 들어올 때와 마찬가지로 정중하게 인사한 뒤 나가버렸다. 소영은 뭐라 설명할 수 없는 감정에 멍하니 취해 있다가 황급히 몸을 일으켰다. 감상에 젖어 있을 시간이 없었다. 회의실을 나와 사무실을 향해 걸었다. 발걸음이 빨라지는데 뒤에서 자신을 부르는 목소리가 들렸다.

"김소영 부장님."

지훈이었다. 소영이 뒤돌아보자 그가 저편에서 같이 온 일행에게 뭐라 설명한 뒤 로비를 가로질러 이쪽으로 건너왔다. 소영은 저도 모르게 기둥 옆에 바짝 붙었다. 지훈이 성큼성큼 다가와 소영 앞에 섰다.

"너무 멋있어져서 처음엔 못 알아봤잖아."

지훈이 소영의 팔을 장난스럽게 툭 치며 말했다. 지훈에게서 진한 향수 냄새가 풍겼다.

"그동안 잘 지냈니? 통 소식을 알 수가 없었네."

자상한 목소리는 여전했다. 소영은 그가 자신의 귀에 대고 속삭이던 모습을 어렴풋이 떠올렸다.

"응, 난 잘 지내."

소영이 애써 담담한 말투로 대답했다.

"혹시… 지금 바쁘지 않으면 차 한잔할 수 있을까?"

지훈이 뒤돌아서 힐끔힐끔 일행의 눈치를 보며 말했다.

"아니. 바로 처리해야 할 일이 있어. 방금 비딩 끝났으니 그래서도 안 되고."

최대한 단호하게, 감정을 싣지 않고 답했다.

"그 말이 나와서 말인데… 우리 어땠어? 가능성 있을까? 보니까 실세는 소영이 같던데. 그나저나 너 참 근사해졌다, 정말."

그는 소영을 위아래로 훑어보며 찬사를 아끼지 않았다.

문득 소영의 등줄기에 소름이 돋았다. 지훈은 나를 알아보고 반가웠을까. 왜 그토록 반가웠을까. 소영은 그의 속내가 너무 훤히 보여 헛웃음이 나오는 것을 참으며 지훈을 빤히 쳐다봤다. 그러거나 말거나 지훈은 주저리주저리 말을 이어갔다.

"그런데 넌 뭐랄까 분위기가 정말 많이 변했다. 난 보다시피 옛날 그대론데…."

지훈이 그녀의 어깨에 슬쩍 손을 올리자 소영의 눈썹이 꿈틀했다.

"잘되면 이제 자주 보겠네."

소영의 얼굴에서 서서히 핏기가 가시면서 표정이 굳어갔다.

"차지훈 과장님, 아무래도 뭔가 착각하시는 것 같은데요."

내가 변했다고? 너는 예전 그대로고? 그래, 그렇다 쳐. 상대적으로 그렇게 보일 수도 있겠지. 난 이 자리에서 버티고 살아남기 위해 계속 변해야 했거든. 그런데 어쩌니, 난 예전으로 돌아갈 생각이 없는데. 소영은 속에서 치솟는 말들을 내리누르며 그저 서늘하게 지훈을 응시했다. 그의 얼굴이 확 달아올랐다.

"부장님, 죄송합니다. 제가 큰 결례를 범했습니다."

지훈은 나태하게 벌리고 있던 양다리를 모아 허리를 곧추세운 뒤 몇 번이나 굽신거렸다. 사과가 끝나고선 소영과 눈도 마주치지 못한 채 일행이 기다리는 로비 쪽으로 황급히 걸어갔다.

"무슨 일 있으세요, 부장님?"

어느새 같은 팀 직원이 다가와 소영에게 걱정스럽게 말을 건넸다. 소영은 한동안 지훈이 사라진 쪽을 내다보며 서 있었다.

"아냐. 현기증이 좀 나서. 참, 이 대리는 어디가 제일 나아 보였어?"

두 사람은 나란히 사무실을 향해 걷기 시작했다.

"저는 첫 번째로 발표하신 분들이요. 시간을 너무 잡아먹긴 했지만 일은 꼼꼼하게 할 것 같더라고요."

"이 대리, 안목 있네. 나도 같은 생각이야."

무심한 투로 말했지만 그것이 냉철한 워커홀릭 김소영

부장 식 칭찬이었다.

"짐이 왜 이렇게 많아? 나도 같이 들자."

"아닙니다. 부장님. 제가 다 들 수 있어요."

소영은 이 대리의 짐 꾸러미를 나눠 들었다.

"어서 마무리하고 오늘은 일찍 들어가자."

"네."

두 사람 뒤로 또각또각 하이힐 소리가 박자를 맞추며 경쾌하게 울려 퍼졌다.

Keep Calm
and
Carry On

서로 간에 적당한 거리를 지키는 삶. 주완이 원하는 것은 자기 자신이나 다른 사람에게 화내거나 상처 주지 않는 삶이었다. 그는 꿈이나 천직, 사회적 성공에도 얽매이고 싶지 않았다. 일은 생계를 해결하는 수단이므로 성실히 임하고 남는 시간에 좋아하는 것을 하면서 사는 것이 바람직한 삶의 방식이라 생각했다. 다른 사람들이 어떻게 평가하든 상관없었다. 직업은 직업일 뿐이지, 그 사람의 모든 것을 말해주진 않으니까.

그러나 세상 사람들은 특정 직업에 확신에 찬 선입견을 품었다. 공교롭게도 피트니스 트레이너라는 직업은 그 전형이었다. 사람들은 트레이너라고 하면 으레 몸이 좋은 대신 머리가 나쁠 거라고 생각했다. 성격은 외향적이고 목소리는 우렁찰 것이다. 지적이고 진지한 것을 어려워하고 깃

털처럼 가볍고 단순한 것을 좋아할 것이다. 마지막으로 남자 트레이너라고 하면 어쩐지 바람둥이일 거라는 의심을 품었다.

따지고 보면 그러한 선입견이 만들어진 데도 나름대로 이유가 있었다. 가령 주완이 근무하는 피트니스 센터에서는 트레이너들이 영어 이름을 써야 했다. 미국발 피트니스 센터들이 국내에 입점한 1990년대 후반부터 이어져온 낯간지러운 관습이었다.

"강해 보이는 이름으로 지어야 해요. 이를테면 그리스 신 이름 같은."

주완이 강남의 오피스 빌딩 지하에 입점한 피트니스 센터에 면접을 보러 갔을 때, 박 팀장은 자못 진지하게 말했다. 그는 은행 창구처럼 생긴 상담실에서 주완과 마주 앉아 오픈 때부터 일해온 트레이너들의 이름을 나열했다.

"어디 보자. 토르, 덩컨, 아널드, 빅터, 타이슨…."

주완은 민망함에 얼굴이 화끈거렸다. 강해 보이기보다는 자의식이 과해 보이는 이름들이었다.

"성주완 씨도 하나 작명해와요."

어쨌든 면접에 합격했으니 불평할 수는 없었다. 아무래도 적당한 이름이 떠오르지 않아 그날 밤, 런던에 유학을

가 있는 여자 친구 세정에게 조언을 구했다. 그녀는 망설임 없이 하나를 점지해주었다.

― 주드가 좋겠어.

― 주드? 강해 보이지 않잖아.

― 괜찮아. 내가 주드 로를 좋아하니까.

― 그게 뭐야.

세정은 엉뚱한 구석이 있었다.

― 오빠한테도 어울려. 주드 로 닮았다고.

― 고마워. 하지만 팀장이 다시 지으라고 할 것 같은데.

― 안 그럴 거야. 사실 이름 따위 아무래도 상관없거든.

세정의 말이 맞았다. 박 팀장은 애초에 아무 생각이 없었다. 그렇게 주드의 사진이 센터 복도에 걸리게 되었다. 팔짱을 낀 채 15도 각도로 몸을 틀고 눈에 이글이글 힘을 준 사진들 가운데 맨 끝이었다. 그 아래엔 트레이너들의 프로필이 적힌 카드가 딸려 있었고 회원들은 탈의실로 걸어가면서 키 높이 정도에 걸린 사진을 보게끔 되어 있었다. 센 척하는 포즈였지만 실상은 회원들의 간택을 기다리는 입상이있다.

주완은 하루 아홉 시간을 센터에 머물렀다. 주요 업무는 일대일 퍼스널 트레이닝(PT)이었다. 기본급이 있었지만

PT로 버는 성과급의 비중이 훨씬 컸다. 빼곡하게 스케줄을 짜면 원하는 만큼 성과급을 가져갈 수 있었다. 이런 시스템이 트레이너들에게는 스트레스이기도 했다. 신규 회원에게 인바디 측정을 해주면서 PT를 제안하거나 싹싹하게 인사하면서 눈도장을 찍는 것은 기본이요, 개인의 매력을 활용해서 회원을 끌어모아야 했다. 다른 트레이너의 회원을 가로채는 경우도 적지 않았다. 영업의 세계에서는 정글의 법칙이 작용했다.

주완에게도 PT 영업이 적잖게 고역이었다. 그는 의도를 품고 다가가서 능청스럽게 말이나 농담을 거는 일에 거부감을 느꼈다. 대신 회원 한 명 한 명에게 친절히 응대하고, 기계 사용이 서툰 회원에게 사용법을 알려주고, 청소 시간에 솔선수범해서 땀 자국을 닦아낼 뿐이었다. 더러 이런 성실한 태도에 끌려 그에게 먼저 PT를 의뢰하는 이들도 있었다. 주완은 누구보다 꼼꼼하게 지도했다. 요령껏 회원들의 비위를 맞추기보다는 정석대로, 오로지 목표를 향해 함께 달렸다. 그의 회원들은 시간이 걸리더라도 확실한 성과를 몸으로 확인할 수 있었다. 지방이 빠지고 근육이 생기면서 외모가 근사해진 것은 부차적인 성과에 불과했다. 규칙적인 운동은 일상을 바꾸고 삶의 활력을 되찾아주었으니까.

"선생님 덕분에 제 인생이 바뀌었어요."

회원들이 진심 어린 목소리로 성취의 기쁨을 고백할 때 주완은 보람을 느꼈다. 그것이 일을 계속할 수 있는 원동력이었다. 이러한 마음에 균열이 생긴 것은 비교적 최근의 일이었다.

종일 스피커에서 흘러나오는 경쾌한 템포 아래 회원들을 지도하다 보면 귀가할 때쯤 귀가 먹먹했다. 그는 이어폰으로 외부의 소음을 차단한 채 지하철 문에 기대서서 지난 만남을 떠올렸다.

식사를 하면서 어느 정도 감이 왔다. 평생을 은행에서 일했다는 세정의 아버지는 사랑하는 외동딸의 심기를 거스르지 않는 선에서 할 말은 했다.

"이제 서른둘인데 슬슬 제대로 된 일을 알아봐야 하지 않겠어요?"

"아빠는 무슨 말을 그렇게 해."

부모의 사랑을 듬뿍 받고 자란 세정은 무례한 멘트라며 아버지를 구박했지만 주완은 그의 입장을 이해할 수 있었다. '상대의 입장이 되어 생각해보기'는 그가 사회생활을 하면서 평정심을 유지하기 위해 지켜온 원칙이었다. 예순이 넘은 은행 지점장 출신의 남자가 피트니스 트레이너라는 직업에 신뢰를 품기 어려우리라는 건 이미 예상한 바였다. 그런데도 온몸에서 땀이 배어났다. 경조사 때나 입는 양복을 오랜만에 걸친 탓인지 가만있어도 불편하고 어색했다. 유학길에 오르기 전 부모님께 주완을 인사시키고 싶다며 자리를 마련한 세정도 난감한 눈치였다.

"괜찮아. 부모님이니까 할 수 있는 얘기지."

식사가 끝난 뒤 두 사람은 카페에 마주 앉아 서로를 위로했다. 그런다고 달라지는 건 없었지만.

그날부터 주완은 자신의 일을 다른 관점에서 살피게 되었다. 세정의 아버지가 말한 '제대로 된 일'에 들지 못한다는 건 알 수 있었지만 그 기준이 모호했다. 그렇다면 어떤 일이 제대로 된 일이란 말인가.

* * *

주완이 카페에 들어서자 먼저 와 있던 남자가 자리에서 일어났다. 감색 양복에 푸른색 넥타이가 시원한 인상을 줬다. 주완이 맞은편에 앉자 그는 명함부터 건넸다. 외국계 보험 회사 로고가 선명했다.

"죄송합니다. 여기까지 오시게 해서."

운동복 차림의 주완이 명함을 들여다보며 말했다.

"아닙니다. 트레이너분들은 워낙 시간 빼기 어려우시잖아요. 제가 찾아뵙는 게 당연하죠. 안 과장님이 코치님만큼은 꼭 만나보라고 하셨거든요."

안 과장은 주완과 전 직장에서 함께 일한 선배 트레이너였다. 보험 회사로 이직한 게 2년 전인데 벌써 과장 직함을 단 모양이었다.

"안 선배는 원체 좋은 말씀만 해주시는 분이라⋯. 그나저나 갑자기 연락을 받고 조금 놀랐습니다."

남자가 아메리카노를 한 모금 마시더니 본론으로 들어갔다.

"놀라실 만하죠. 피트니스와 보험 영업은 언뜻 공통점이 없어 보이니까요. 하지만 알고 보면 꽤 합당한 이직입니다. 영업에는 강한 의지와 체력이 필요하거든요. 트레이너처럼 성과급이 적용되기도 하고요."

주완은 고개를 끄덕였다. 과연 운동을 하는 사람들은 아무리 게을러도 웬만한 사람들보다는 부지런하다고 할 수 있을 것이다.

"실은 체육계에 몸담았던 분들이 저희 업계로 이직하시

는 경우가 많아요. 실적이 뛰어나니 저희도 대환영이죠. 특히 여성 고객분들께 신뢰가 두터우세요."

남자가 한쪽 눈을 찡긋했다.

주완은 문득 궁금해졌다. 이 남자는 나 같은 사람을 하루에 몇 명이나 만날까. 그때마다 매번 똑같은 얘기를 할까. 평소 같았으면 무시해버렸을 연락에 응한 건 이 직업이 양복을 입고 일한다는 단순한 이유 때문이었다. 인사 담당자라는 직책답게 남자는 간략하면서도 명료하게 보험 영업이 얼마나 전문성을 필요로 하는 일인지 설명했다. 주완은 이런 것이 바로 '제대로 된 일'일까 생각했다.

주완이 센터에 들어서자 키가 훤칠하게 큰 토르가 다가왔다. 그는 주완의 목에 팔을 두르고 비트는 시늉을 했다.

"주드! 어디 갔다 왔어? 할 말 있어서 찾았는데."

토르의 입에서 풍선껌 냄새가 진동했다.

"은행이요."

말해놓고 나니 차라리 은행에 볼일이 있어서 다녀온 거라면 좋았을 텐데, 라는 생각이 들었다. 어쩐지 시간 낭비 같았다. 맞지 않는 옷을 입어보려고 노력한 것처럼.

"무슨 일 있어요?"

주완은 두 살 연상의 토르가 불편했다. 그는 수영 강사로 일하다가 피트니스 트레이너로 이직했다. 수영장의 유부녀들이 자기를 너무 쫓아다니고 귀찮게 해서 이제 수영이라면 칠색 팔색이라는 말을 자랑 삼아 흘리고 다니는 사람이었다. 그 말이 허풍은 아니었을 것이다. 그는 센터에서도 손꼽힐 정도로 외모가 출중했고 얼굴값을 톡톡히 했다. 여성 회원들과 사적으로 어울려 다니며 흔쾌히 술자리를 갖곤 했던 그는 사람들이 숙덕거려도 개의치 않았다. 오히려 그 상황을 즐기는지 공공연히 티를 내기도 했다.

주완은 되도록 토르를 피해 다녔다. 그러니 갑작스럽게 말을 걸어오는 데 놀랄밖에.

"너 알바 하나 안 할래?"

토르가 예의 껄렁거리는 태도로 주완의 어깨를 툭 쳤다. 주완은 서슴없이 구는 그가 탐탁지 않았다.

"뭔데요?"

"출장 PT인데, 난 시간이 안 맞아서. 이거 완전 대박인데 넘겨주는 거다. 고마운 줄 알아."

출상 PT는 내게 바쁘거나 몸이 불편하거나 얼굴이 알려진 사람들이 신청했고 고객의 집에서 운동을 하다 보니 동성의 트레이너가 담당하는 게 일반적이었다.

"돈 많은 과부고, 가르치는 건 여자든 남자든 상관없대. 페이는 원하는 대로 맞춰준다더라. 근데 너도 알다시피 나 없으면 큰일 나는 회원들이 좀 많아. 그리고 아무리 억만금을 준대도 늙은 여자는 좀…. 생각해봤는데 우리 주드한테 딱이겠더라고."

주완은 자신의 목에 둘린 토르의 팔을 끌어 내렸다. 이래저래 성가신 사람이었다.

"형님이 모처럼 아우 꿀알바 자리 하나 챙겨주는 거지."

아우는 무슨. 자기가 연결해줬다고 생색내면서 곤란한 부탁이나 안 하면 다행이지. 주완은 저도 모르게 고개를 설레설레 저었다.

"글쎄요. 저도 요즘 시간이 없어서."

"야, 페이 맞춰준다잖아. 없어도 만들어."

토르는 호의를 무시당해 심통이 났는지 다짜고짜 주완의 목덜미에 다시 팔뚝을 휘감더니 귓가에 자신이 제시받은 액수를 소곤댔다. 주완의 눈빛이 흔들렸다.

"거봐, 장난 아니지? 왠지 넘기기 아까워지는데?"

더 이상 토르의 너스레가 들리지 않았다. 세정의 아버지가 얘기하는 '제대로 된 일'을 못 하겠다면 돈이라도 열심히 모으는 게 상책이었다.

"할게요. 연락처 주세요."

주완이 나지막한 목소리로 말했다.

* * *

그 집은 윗집과 아랫집을 튼 뒤 계단으로 연결해 아파트인데도 이층집 주택 같았다. 남편을 저세상으로 보낸 뒤 한때 아래층에 살던 딸과 아들도 유학을 보내고 여자 혼자 산다고 했다. 위치상 주완이 출퇴근하면서 들르기에 알맞았다. 검은색 앞치마를 두른 가정부가 살갑게 맞이해 주었다.

"운동 선생님이시죠? 우리 사모님이 뭐든지 열심히 하는 모범생에 마음이 앞서는 분이라 무리하지 않게만 해주세요."

계단을 통해 내려오는 고객의 얼굴을 보고서야 그렇게 당부한 이유를 알 수 있었다. 미망인은 부드러운 면 소재로 된 헐렁한 실내복을 입고 머리에는 연하늘색 두건을 두르고 있었다. 눈썹도 기의 다 빠진 상태였다.

"저희 녹차 두 잔 내주시고 이만 퇴근하세요."

힘없이 나긋한 목소리였지만 발음만은 또렷했다. 가까

이서 보니 피부가 백지장처럼 새하얗고 창백했다.

"여기까지 오시느라 고생하셨어요."

주완은 말없이 고개만 끄덕였다. 그녀는 호칭부터 정리했다. 자신은 편하게 이름으로 불러달라고 하고, 주완은 선생님이라고 부르겠다고. 정원은 양손으로 찻잔을 들어 한 모금 삼킨 뒤 차분히 자신에 대한 이야기를 시작했다.

"열 달 전에 유방암 수술을 받았어요. 왼쪽 가슴과 겨드랑이 쪽 림프선을 일부 절제했고요. 왼쪽 팔은 아직 마비가 풀리지 않았는데, 그래도 계속 움직여서 많이 나아졌어요. 항암 치료를 받는 동안에는 먹고 쉬는 데 집중하느라 운동할 여력까진 없었고요. 아프기 전에는 운동을 꽤 열심히 했는데, 이제는 다시 체력을 길러야겠죠. 선생님께 체계적으로 지도를 받으면서 시작하고 싶습니다."

열 달간의 일이 불과 30초 만에 정리돼버렸지만 그사이 그녀가 얼마나 숱한 산을 넘어야 했을지 충분히 짐작이 갔다.

"믿고 맡길 만한 분을 부탁드렸는데 적임자가 오신 것 같네요."

그녀의 말투에는 무지개를 발견한 어린아이처럼 설렘이 묻어났다. 또 다른 말로 그것은 건강에 대한 강한 의지의 표현이었다. 주완은 속으로 성심성의껏 회복을 돕겠다는 다짐을 했다.

그는 주로 저녁 퇴근길에 들러 그녀의 체력에 맞춘 강도로 수업을 진행했다. 정원의 집에는 다양한 운동기구들이 마련되어 있었다. 처음에는 몸에 부담을 주지 않도록 맨손으로 할 수 있는 스트레칭 위주의 운동을 시켰다. 조금씩 몸이 적응되어감에 따라 가벼운 아령을 이용해서 근력을 조금씩 키워갔다.

과연 가정부의 말대로 정원은 더할 나위 없이 모범적인 학생이었다. 치료로 체력이 약해져서 그렇지, 타고난 운동신경이 있었고 가르치는 족족 흡수했다. 인내심이 강해서 힘들어도 불평 한번 없이 참는 바람에 어떨 때는 너무 무리하는 게 아닌지 살펴야 할 정도였다. 갑자기 기온이 치솟은 날에는 땀을 미친 듯이 쏟아서 두건이 흘러내린 적도 있었다. 이마의 땀은 그녀의 텅 빈 눈썹 자리를 그대로 지나 눈가까지 흘렀다.

"선생님, 이거 좀 벗어도 될까요? 머리카락이 나는 중이라 보기 흉하지만…"

정원의 손가락 위로 땀방울이 뚝뚝 떨어졌다. 주완이 고개를 끄덕이자 정원은 땀으로 축축해진 두건을 완전히 벗어 던지고 마른 수건으로 머리를 닦았다. 듬성듬성 머리카락이 나기 시작한 민머리가 드러났다.

"간병인이나 일하는 아주머니 앞에서 말고는 처음이네요. 근데 벗으니까 정말 시원하다."

정원이 그때 처음으로 활짝 웃었다. 수건으로 머리를 닦아내는 모습이 자유로워 보였다.

"앞으로는 두건 없이 운동하세요."

"그렇게 말씀해주셔서 고맙습니다, 선생님."

운동이 끝나면 정원은 제철 과일을 갈아서 만든 생과일 주스를 내왔다. 어디 바쁘게 가셔야 하는 게 아니라면, 하고 덧붙이며 매번 거절할 여지를 주면서. 두 사람은 거실의 6인용 테이블에 마주 앉아 주스를 홀짝였다. 그녀는 훌륭한 대화 상대였다. 풍부한 지식과 균형 잡힌 견해를 가지고 있었고 매사에 사려 깊고 기품이 있었다. 자랑이나 훈계, 자기 연민이 없었다. 대화 내내 시종일관 상대를 살피며 배려하고 있다는 걸 느낄 수 있었다. 정원이 20년 넘게 연상임에도 주완은 세대 차이를 느끼지 못했다. 그녀와의 대화가 진심으로 즐거웠다.

"자제분들은 언제 귀국하세요? 혼자 적적하실 텐데."

하루는 주완이 거실장 위에 놓인 가족사진을 보면서 물

었다.

"글쎄요. 모르죠. 어쩌면 공부가 끝나도 안 들어올 수도 있고요. 자기들 인생이니까요."

그녀가 희미하게 미소 지었다.

"혼자 괜찮으시겠어요?"

"제가 이렇게 되기 전에 남편이 병상에 누워 있을 때도 부담을 주고 싶지 않아서 자주 못 오게 했어요. 지금 돌이켜보면 잘한 건지, 못한 건지 모르겠지만…. 아무튼 아이들에게 짐이 되고 싶지 않아요. 젊은 사람들은 젊은 사람들끼리 잘 살면 되죠."

"대단하시네요. 보통 한국 부모님들은 어떻게든 자식을 옆에 끼고 살고 싶어 하잖아요."

"그 마음도 이해는 가요. 나이가 들면 감동할 일도, 재밌는 일도 적어지고 매사에 시큰둥해지거든요. 저도 그랬어요. 죄다 별일 아닌 것처럼 하찮게 여겼는데 잃고 나서 깨달았죠. 아, 사는 힘은 작은 데서 오는구나. 사소해 보이는 일이라도 집중하다 보면 살아갈 힘이 채워지는구나. 아프고 나서야 그 의미를 깨닫게 되었으니 이 나이 먹도록 헛살았죠."

정원이 눈을 가늘게 뜬 채 장난스럽게 웃었다. 주완은

새삼 정원의 젊은 시절을 상상해보았지만 어쩐지 잘 그려지지 않았다.

"실은 제 여자 친구도 유학 중이에요."

"그래요? 선생님이야말로 적적하시겠어요."

순간 주완은 자신이 그다지 적적함을 느끼지 않는다는 사실을 알아차리고 조금 놀랐다.

"그래도 기다릴 사람이 있다는 건 행복한 일이죠."

정원이 소녀처럼 두 손을 턱에 괸 채 말했다. 내가 인생에서 진심으로 기다리고 있는 것은 무엇일까. 주완은 문득 아득해지는 감각에 사로잡혔다.

* * *

"그 과부는 어떠냐?"

회원들이 썰물처럼 빠져나간 샤워실에서 토르가 건들거리며 다가왔다.

"운동 열심히 하세요."

"그래? 네가 되게 잘해주나 보네."

토르가 주완의 얼굴을 빤히 쳐다보며 입꼬리를 끌어올렸다. 주완은 수도꼭지를 잠그고 샤워실에서 나갈 채비를 했다. 그의 경박한 말투가 거슬렸다. 피하는 게 상책이었다.

"그 아줌마, 너한테 푹 빠진 거 아냐? 다른 눈치는 안 줘?"

이 사람은 어째서 생각의 방향이 늘 그쪽인 걸까. 주완은 순간 짜증이 치솟았다.

"무슨 말씀을 하시는 거예요. 많이 아팠던 분이라고요."

더 이상 말을 섞었다간 자신을 통제하기 어려울 것 같아서 주완은 재빨리 몸을 돌렸다. 뒤에서 토르가 떠들어대는 소리가 들렸다. 여성 회원으로부터 명품 브랜드의 벨트를 선물로 받았다며 자랑이 끝도 없었다. 주완은 수건으로 물기를 털며 샤워실을 빠져나왔다.

* * *

어둠 속에서 전화벨이 울렸다. 깊이 잠들어 있던 주완은 간신히 눈을 뜨고 시간을 확인했다. 새벽 1시를 지나고 있었다.

"선생님, 밤늦게 전화드려서 죄송해요."

정원이었다. 그녀가 떨리는 목소리를 가까스로 억누르

며 평소처럼 말하려고 애썼다. 주완은 불길한 예감이 들었다.

"괜찮으세요?"

격앙된 목소리를 내지 않으려고 했지만 쉽지 않았다. 한밤중에 울리는 전화벨이 괜찮을 리가 없었다.

"갑자기 숨이 안 쉬어져서…. 그래도 애써서 심호흡을 해보니까 진정이 되긴 했는데, 이게 반복될 것 같아서요. 어떤 방식으로 호흡을 조절하면 좋을지 여쭤보려고요."

에둘러 말했지만 정원의 목소리가 가늘게 떨리고 있었다. 주완은 그녀가 느낄 공포를 떠올렸다. 언제 다시 발작이 시작될지 알 수 없었다.

"지금 그쪽으로 가겠습니다."

수화기 너머에서 잠시 정적이 흘렀다.

"아니에요, 선생님. 혹시 마땅한 호흡법이 있나 여쭤보려고 전화드린 거예요. 달리 물어볼 데가 없어서…. 정말 괜찮습니다."

"15분 내로 도착합니다."

주완이 그녀의 말을 끊고 서둘러 옷을 갈아입었다.

집에 도착하자 현관문이 한 뼘 정도 열려 있었다. 누가 들어와주기를 간절히 바란 것처럼. 정원은 둥글게 몸을 만 채 거실 소파에 앉아 있었다.

"저 왔어요. 마음 놓으세요."

주완이 그 옆으로 가서 오른손으로 그녀의 등을 쓸어내렸다. 돌출된 척추뼈가 확연히 만져졌다.

"좀 전에 또 발작이 왔어요. 무서워요."

정원은 울먹이며 자기 상태를 토로했다. 주완이 소파 가장자리로 밀려나 있던 담요를 끌어와서 그녀의 몸에 덮어주었다. 그리고 편히 기댈 수 있게끔 자신의 어깨를 빌려주었다. 정원이 그 어깨에 기댄 채 나지막이 고백했다.

"너무너무 무서워요. 혼자 쓸쓸하게 죽어갈까 봐."

그녀가 심호흡을 두 번 이어서 했다.

"아주 어릴 때 엄마가 돌아가셨어요. 사람이 죽는다는 게 어떤 건지도 모를 만큼 어렸지만 영정 사진을 보고 숨이 턱 막히던 느낌이 아직도 생생해요. 그대로 죽어버릴 것 같던 그 기분을 아까 느꼈어요."

"안 되겠습니다. 지금이라도 병원에 가시죠."

주완의 다급한 말부에 정원이 힘없이 피식 웃었다.

"이 정도로는 응급실에서 환자로 쳐주지도 않을 거예요. 별별 검사만 다 하고 스트레스성이라며, 마음 편히 가지라는 얘기나 하겠죠. 저는 이렇게 선생님이 와주신 것만으로도 훨씬 편안해졌어요."

그럼에도 희미하게 미소 짓는 정원이 안쓰럽기만 했다.

"힘들면 힘들다고 하셔도 괜찮아요. 사람이 항상 강할 수는 없잖아요. 앞으로는 절대 혼자 버티지 마세요."

정원이 고개를 끄덕였다.

"선생님 말씀이 맞아요. 혼자 열심히 버티면서 살아왔는데 어느 순간 주변에서 그걸 당연하게 여기더라고요. 강한 것만이 능사가 아니구나 싶어서 요즘은 자꾸 인생을 돌아보게 돼요. 어떤 인생이었나, 제대로 살아왔나…."

이렇게 정갈한 태도로 살아가는 그녀조차 그런 생각을 한다는 것이 주완은 불가사의하게 느껴졌다. 정원이 이따금 숨을 몰아쉬며, 골똘히 무언가에 사로잡힌 표정으로 말을 조심조심 이어갔다.

"한데 곰곰이 생각해보니까 제대로 된 삶이라는 건 열이면 열, 백이면 백 기준이 다 다른 것 같아요. 주관적이죠. 이게 맞는 길인지, 내가 원했던 길인지 스스로 질문해가면서 찾아갈 뿐이에요. 그 과정 자체가 인생이 아닐까 싶어요."

눈가는 여전히 부어 있었지만 정원의 표정은 더없이 온

화했다.

"실은 암이 재발했어요."

순간 주완은 신경이 쭈뼛 섰다. 어떻게 반응해야 할지 알 수 없었다.

"다음 주에 다시 입원해요. 죄송하지만 당분간은 수업을 받지 못하겠네요."

정원은 그저 평범한 소식을 알리듯 아무렇지 않게 말했다.

"갑자기 그만두게 돼서 죄송합니다. 한동안 선생님을 못 볼 거라고 생각하니 서운해서 오늘 이렇게 민폐를 끼쳤나 봐요."

그녀는 어느새 평소의 강인하고 우아한 모습으로 돌아가 있었다.

"그거 아세요? 사람들은 암 환자라고 하면 산송장처럼 대하곤 하는데 선생님은 그러지 않으셔서 진심으로 감사했어요."

정원이 짙은 갈색빛 눈동자로 주완을 깊게 응시했다.

"이렇게 말하니까 무슨 마지막 인사 같네요. 그런 거 아니고요, 치료 잘 받고서 다시 돌아올 거예요. 그때도 선생님께 수업 부탁할 테니까 그사이에 어디 가시면 안 돼요."

정원의 경쾌한 당부에 주완은 말없이 그녀의 손을 잡았다. 어느새 동이 터오고 있었다.

　　　　　　　　＊ ＊ ＊

밤을 꼬박 새우다시피 한 터라 몹시 피곤했다. 주완은 오전 수업을 소화해낸 뒤 점심도 건너뛰고 휴게실에 누웠다. 잠시 눈을 붙이려는데 밖에서 날카로운 고성이 들렸다. 무시하려고 했지만 소리는 점점 격앙되었다. 옆 침대에 누워 있던 빅터가 몸을 일으켰고 문틈으로 바깥 정황이 드러났다. 탈의실 앞에서 여자 회원 두 사람이 마주 선 채 언성을 높이고 있었다. 그 사이에서 쩔쩔매는 토르의 모습도 보였다. 여기저기서 사람들이 힐끔힐끔 시선을 보냈고, 몇몇 회원들은 아예 운동실에서 뛰쳐나와 구경 중이었다.

"이럴 줄 알았다. 언젠가 이 사달 날 줄 알았어."

빅터가 비아냥거리듯 말한 뒤 밖으로 나갔다. 그 바람에 휴게실 문이 활짝 열리면서 바깥 풍경이 고스란히 드러났다. 여자들이 번갈아 삿대질을 해댔고 토르가 두 사람을 어르고 달래려 애썼다. 그 와중에도 그녀들의 팔 안쪽을 끈적하게 만지작대는 토르의 손길에 주완은 환멸감을 느졌다.

 좀처럼 고성이 잦아들지 않자 박 팀장이 나타났다. 그는 싹싹한 미소를 띤 채 두 여자 회원을 진정시켰다. 그리고 트레이너들에게 손짓해 다른 회원들을 제자리로 안내하게끔 유도했다. 당사자 셋과 팀장은 휴게실 옆 상담실로 들어가 문을 닫았다. 벽 너머로 웅얼거리는 말소리가 들려왔다.

 주완은 몸을 일으켜 소파에 걸터앉았다. 잠은 깼지만 여전히 멍한 상태였다.

 잠시 뒤 여자들이 뾰로통한 표정으로 상담실을 빠져나왔다. 팀장과 토르가 문가에 선 채 생글거리며 여자들을 배웅했다. 그녀들은 쌩하니 시야에서 사라졌다. 토르가 고개를 푹 숙였다.

 "정말 죄송합니다."

 팀장은 토르를 노려보며 한숨을 내쉬었다.

 "이놈아, 작작 좀 해라. 상대 좀 봐가면서, 응?"

 그리고 들고 있던 파일 보드로 토르의 등을 내리쳤다. 퍽 소리가 났지만 토르는 꿈쩍도 하지 않았다. 푹 숙인 뒤통수를 내려다보다가 팀장이 히죽거렸다.

 "하긴 쟤들이 좋아 죽는 걸 너라고 어쩌겠냐. 아무튼 쟤 수 없게 걸리지나 마."

팀장이 운동실 밖으로 나갈 때까지 토르는 고개를 숙이고 있다가, 문 닫히는 소리에 빙글거리며 상체를 폈다. 그와 동시에 멍하니 밖을 내다보던 주완과 눈이 마주쳤다.

주완의 얼굴에 혐오와 경멸이 역력했고, 주완은 오늘만큼은 그 감정을 숨길 생각이 없었다. 토르의 얼굴이 순식간에 일그러졌다.

"뭐 문제 있어? 여자들 저러는 거 처음 봐? 좋은 말로 할 때 표정 풀어라."

풀기는커녕, 주완의 표정은 더욱 굳어갔다.

"여긴 당신 혼자 일하는 데가 아닙니다."

처음으로 토르의 얼굴이 벌겋게 달아올랐다. 그는 쿵쿵거리며 휴게실 안으로 달려들었다.

"뭐라고, 당신? 씨발. 돈 때문에 과부한테나 알랑거리는 새끼가…."

토르의 말이 끝나기가 무섭게 주완의 주먹이 뻗어나갔다. 센터 안에 다시 한번 둔탁한 소음이 울려 퍼졌다.

＊　＊　＊

　초겨울인데도 한낮은 따뜻했다. 주완은 청소를 마친 뒤 옥상정원으로 올라갔다. 종일 지하에서 일하다 보니 탁 트인 하늘이 그리워지곤 했다. 계절이 계절이니만큼 아무도 없었다. 그는 캔 커피를 마시며 앙상한 나무들 사이로 도심을 내려다보았다.

　이곳에 남는 데는 제법 용기가 필요했다. 주완은 한동안 센터 안에 자신이 과부와 놀아났다는 뒷말이 돌고 있다는 걸 알았다. 발신자가 누구일지는 불 보듯 뻔했다. 그는 사람들이 뭐라고 하건 개의치 않고 묵묵히 일에만 전념했다. 정작 문제는 허무하리만큼 간단히 해결되었다. 토르가 권고사직을 당한 것이다. 이번에는 돈 문제로.

　영국에서 귀국한 뒤 세정은 가게를 열 장소부터 알아보러 다녔다. 작은 꽃 가게를 여는 데도 고려할 점이 한두 가지가 아니었다. 마음에 들면 비싸고 가격이 맞으면 위치가 어중간했다. 처음으로 사회에 나온 세정은 이 과정을 버거워했다.

　"먹고사는 게 이렇게 힘들 줄이야."

　두 사람 사이에서 결혼 얘기가 쑥 들어갔다. 부모님 이야기도 더 이상 화제에 오르지 않았다. 주완은 이제 그분들의 평가에 초연했다. 홀로서기를 시작하는 세정을 응원하며 자기 일에 집중하기만도 바빴다.

"내가 맞게 가고 있는 걸까?"

세정은 불쑥 진지한 얼굴로 주완에게 묻곤 했다.

"자기가 제대로 살고 있다고 확신하는 사람은 그리 많지 않아. 누구나 돌아서 가기 마련이고. 어떻게든 자기 힘으로 가고 있다는 게 중요한 거겠지."

정원이 마음속 깊은 곳에 남겨준 조언을 이제는 그가 세정에게 들려주었다.

두 눈을 감고 싱그러운 풀 내음을 흠뻑 들이마셨다. 주완의 머릿속에 정원의 너그러운 마음과 그녀가 어깨에 기댄 채 흐느끼던 그날 밤의 감촉이 함께 떠올랐다. 남는 것은 오로지 기억뿐이었다.

−선생님, 치료 잘 받고 와서 연락드리겠습니다.

짧은 메시지 이후로 정원에게서는 연락이 없었다. 한 달 후, 그 번호로 전화를 걸어보았지만 연결이 되지 않았다.

"기다릴 사람이 있다는 건 행복한 일이죠."

꿈을 꾸는 듯한 표정으로 그녀는 말했지만 과연 그럴까.

당분간은 아무것도 생각하지 말자.

고개를 들어 하늘을 바라보니 구름 한 점 없이 파랬다. 그 쨍함에 새삼 눈이 시렸다. 교통 체증이 시작될 모양인지 건물 아래 대로에선 경적음이 요란하게 울렸다.

사월의
서점

수현의 연갈색 뿔테 안경은 여간해서 얼룩진 적이 없었다. 중간 키, 보통 체격의 그는 등을 반듯하게 편 채 걸었고, 오랜 시간 의자에 앉아 있어도 자세가 흐트러지는 법이 없었다. 배가 어느 정도 차면 식사를 멈추었고, 무언가를 먹을 때는 되도록 소리가 나지 않게 신경을 썼다. 셔츠는 직접 전날 밤에 바흐의 칸타타를 들으며 꼼꼼히 다렸다. 밤이 되면 계절마다 새로이 마련하는 파자마로 갈아입었고, 이를 닦은 후엔 치실을 사용하는 것도 잊지 않았다. 잠이 들기 전까지 웹상에서 익명의 페르소나로 활동하는 사람도 있지만 수현은 일부러 휴대폰을 멀리 두고 정해진 수면 시간을 지켰다. 웬만하면 야근을 하지 않도록 효율적으로 일을 처리했고, 꼭 필요한 상황에서는 불평 없이 잔업을 자처했다. 그가 생각하는 어른이란, 현실에서 도망치지 않으면서 일상을 단정하고 정성스럽게 살아가는 사람이었다. 40대에 접어들면서 크고 작은 노화의 징조들을 발견하기 시작했지만—과로하면 다음 날 새치가 늘거나 아침에 발기되는 정도가 약해지거나 며칠 전에 인사를 나눴던 사람의 이름을 깜빡하거나— 그것에 연연하지 않았다. 그는 세월의 흐름과 세상의 이치에 따라 다가오는 것들을 겸허히 받아들였다. 다만 자신이 놓인 상황에서 할 수 있는 만큼 노력을 기울일 뿐이었다.

그 덕분에 수현은 자신이 딱히 남다르거나 특별하다고 생각해본 적이 없는데도 '보통의 한국 남자들과는 참 다르다'는 얘기를 곧잘 들었다. 그렇게 평가해주는 것은 주로 회사의 여자 동료들이었다. 가전 브랜드의 제품 디자이너라는 직함 자체가 흰 와이셔츠에 넥타이 매고 출퇴근하는 직장인과 외형부터 달랐지만, 그것은 단순히 겉모습의 차이라기보다는 수현이 지닌 고유의 분위기와 태도 때문이었다. 그는 톤이 낮은 목소리로 조용조용하게 말했고 소리 없이 웃는 편이었다. 말수는 적었지만 동료의 이야기에 신중하게 귀를 기울였고, 주변 사람에게 대체로 친절하고 공정하게 대하려고 애썼다. 협업 부서에 폐를 끼치지 않으려고 했고, 문제가 생기면 합리적인 방법으로 해결책을 제

시해냈다. 그런 온화한 성품과 유능하지만 겸손한 자세에 사람들은 신뢰감을 품었고, 후배 직원들이 자주 공적이나 사적인 고민을 털어놓았다. 그의 조언은 실질적인 도움이 되었으나, 그것으로 으스댈 사람도 아니었다.

한편으로는 다수의 인원이 한 공간에 모이면 으레 생기기 마련인 줄서기나 사내 정치에 관심이 없었기에 일부 동료들로부터 지나치게 개인주의적이라는 지적도 들어야만 했다. 그렇다고 해서 수현이 조직에 융화되지 못하는 건 아니었다. 부서 회식을 좋아하진 않아도 흔쾌히 참석했다. 과음하지 않더라도 따라주는 술은 적당히 받아 마셨고, 민망한 건배사 후렴도 내빼지 않고 또렷한 발음으로 따라 했다. 비단 상사의 눈 밖에 날까 봐 두렵다거나 잘 보이고 싶다는 목적이 아닌, 단지 조직 생활의 예의라고 생각했다. 로마에 가면 로마법을 따르라는 말처럼.

그가 원만한 회사 생활을 이어갈 수 있었던 것은 세속적인 의미에서 출세에 큰 관심이 없었기 때문이다. 수현은 자신에게 주어진 일이라면 무엇 하나 허투루 넘기는 법이 없었지만 이글이글한 야망과는 거리가 멀었다. 그 대신 양식 있는 시민으로 사는 일, 인간으로서 품위와 존엄을 유지하는 일, 종교나 권력에 얽매이지 않고 독립적으로 존재하는 일, 그리고 뱃살이 나오지 않게 관리하는 일이 그에게는 중요했다.

동시에 수현은 자상한 남편이자 다정한 아빠이기도 했다. 그의 아내는 하얗고 투명한 피부와 움푹 팬 보조개, 그리고 매니큐어를 바르지 않은 깨끗한 손톱을 지녔다. 실제 나이에 비해 앳돼 보였고, 반질반질한 머리는 어깨 부근에서 찰랑였다. 겨울엔 몸에 꼭 맞는 검은색 터틀넥 캐시미어 스웨터를, 여름에는 상아색 리넨 블라우스를 즐겨 입었다. 대학원을 졸업한 뒤 바로 결혼했고, 결혼하자마자 임신해서 직장을 다녀본 경험이 없었다.

그녀는 때때로 시립 미술관에서 자원봉사를 했고, 시간이 남으면 요리책을 보면서 이런저런 요리에 도전해보기를 즐겼다. 그녀의 요리 솜씨는 제법 정평이 나서 가끔 집에서 동네 엄마들을 대상으로 요리 클래스를 열기도 했다. 이따금 아들의 초등학교 엄마 모임에 나갔지만 나서서 떠들거나 주도하는 타입은 아니었다. 그녀 역시 수현처럼 조용히, 무탈하게 살아가기를 원했다. 수현과 나눠 낀 심플한 백금 재질의 실반지가 그녀의 가느다란 손가락에서 어김없이 빛났다.

그들은 주말만큼은 온전히 함께 시간을 보냈다. 토요일

에는 주로 근교 수목원이나 시내 미술관을 방문했다. 일요일 아침에 수현은 아내와 아들이 충분히 늦잠을 즐기도록 조용히 침대에서 빠져나와 거실 소파에서 책을 읽었다. 독서는 그가 가장 즐기는 취미였다. 좋아하는 작가의 신간이나 자료가 될 만한 참고 도서는 사서 읽고 과학이나 역사, 미술 같은 다양한 분야의 책은 구립 도서관에서 빌려 읽었다. 오전 10시경이 되면 책을 덮고 부엌으로 가서 오므라이스나 카레 같은 단품 요리를 준비했다. 냉장고에 남아 있는 채소를 이용해서 함께 곁들일 샐러드도 만들었다. 정오가 되기 전 식탁을 차린 뒤 아내와 아들을 깨워 이른 점심 혹은 늦은 아침을 먹이고 식기세척기에 접시를 집어넣는 것까지 빠짐없이 끝냈다. 오후에는 아파트 단지의 공터에서 아들과 캐치볼을 하거나 배드민턴을 치고 강변을 따라 걷기도 했다.

"아빠가 이렇게 잘 놀아주니 예준이는 정말 좋겠어요."

이웃 엄마들이 부러운 시선으로 다정한 부자를 지켜보다가 말을 건네기도 했다.

해가 기울 무렵 집으로 돌아와 식사를 마친 뒤에는 아내와 단둘이서 가까운 공원으로 산책을 나갔다. 아내의 보폭에 맞춰 산책로를 한 바퀴 도는 데 40분이 걸렸다. 비가 오면 우산을 받쳐 들고, 강풍이 불면 윈드브레이커를 뒤집어쓰고 걸었다. 밤공기가 부드러우면 도중에 벤치에서 쉬었다 가기도 했다. 아내는 가로등에서 내려오는 연한 불빛과 흔들거리는 바람이 뺨을 스치는 감촉, 맞잡은 손의 온기를 좋아했다. 이따금 두 사람 앞으로 강아지들이 지나가면, 어린 시절 아들이 강아지만 봤다 하면 키우고 싶다고 울면서 보채는 통에 난감했던 기억을 어렴풋이 떠올렸다.

산책을 마치고 오면 아들을 재울 시간이었다. 아이는 여전히 아빠가 침대맡에서 그림책을 읽어주는 것을 좋아했다. 수현도 그 시간이 못내 정겨웠다. 중간중간 아이 입에서 불쑥 튀어나오는 엉뚱한 질문은 덤이자 선물이었다.

"아직 안 자요?"

대화가 길어지면 아내가 방문 사이로 빼꼼히 머리를 들이민 채 물었다. 그제야 수현은 아들의 정수리를 쓰다듬어준 뒤 불을 끄고 방에서 나왔다.

거실은 간접 조명만 켜진 채 은은한 분위기였다. 아내가 수를 놓고 있었는지 소파 위에 수공예용 바구니가 놓여 있었다.

"이리 와서 앉아요."

아내가 바구니를 소파 아래로 내리며 수현을 불렀다. 그가 다가앉자 아내는 목덜미에 머리를 파묻었다. 오르골에서 멜로디가 흘러나오는 것처럼, 동그란 입술에서 그녀의 작은 세계에서 일어난 일들이 조곤조곤 새어 나왔다. 수현은 아내가 자신과 가능한 한 많은 것을 공유하고 싶어 하는 모습을 사랑스럽게 바라봤다. 아내의 머리카락에서 페퍼민트 향이 났다.

하고 싶은 말을 다 했는지 조용해지면, 수현은 그녀의 입술을 손가락으로 톡톡 건드렸다. 그것이 신호가 되어 두 사람은 첫사랑을 시작한 어린 연인처럼 부끄러워하며 서로의 입술을 탐했다. 아내의 입술 사이로 낮은 탄식이 새어 나왔다. 수현은 아내의 손을 잡아 일으킨 뒤 침실로 들어갔다.

그는 아내의 생리 주기를 숙지하며 그 기간에 아내가 충분히 쉴 수 있도록 배려했다. 이불 속에서 포근히 품에 안고 아내가 잠들 때까지 가만히 등을 쓸어내리곤 했다. 그날이 아니라면 아내의 옷을 하나씩 벗기고 정해진 순서대로 정교하게, 정성을 다해 사랑을 나눌 터였다.

그는 우선 양 손바닥으로 원을 그리며 아내의 젖가슴을 어루만졌다. 그리고 봉곳 솟아오른 유두를 입안에 머금고 맛과 질감을 살폈다. 젖가슴을 애무하던 입술은 어느새 배꼽까지 내려와 숨을 돌린 뒤 다리 사이에 당도했다. 가장 보드라운 그곳에서 한참을 머물며 입술과 혀의 감각을 최대한으로 활용했다.

"아주 예뻐."

아내가 신음을 참느라 표정이 일그러질 즈음에 그들은 미끄러지듯 한 몸이 되었다. 수현은 결코 놔버리는 법이 없었다. 체위를 바꿀 때마다 아내의 반응을 꼼꼼하게 살폈고 관찰 결과를 다음 동작에 빈틈없이 반영했다. 아내가 절정을 느끼도록 차근차근 안내하고 그 과정을 지켜보는 일이 그에게 기쁨을 주었다. 아내의 몸 안에서 잔잔하게 일렁이는 파도를 타는 것만으로도 충분한 고양감을 느낄 수 있었다. 먼저 절정을 맛본 아내는 수현의 사정을 유도해보려 했지만 그는 도리어 아내의 숙면을 염려했다.

"졸리겠다. 어서 자."

배를 어루만져주면 아내는 이내 얕게 코를 골았고 그제야 수현은 조심조심 이불에서 나와 욕실로 들어갔다. 차가운 물로 샤워를 마친 뒤 침대에 눕자 잠결에 아내가 몸을 붙여왔다. 그녀가 깨지 않도록 조심스럽게 감싸 안고 있노라면 무사히 한 주를 끝마쳤다는 실감이 들었다.

* * *

 수현이 속한 디자인 팀이 강남 외곽의 소도시에 들어선 신사옥으로 부서를 옮기게 되면서 그들은 주말부부로 지내게 되었다. 토지를 싼값에 사서 멋들어진 사옥을 지어놨지만 서울 밖으로 빠지는 것을 기피하는 분위기 때문에 그곳이 비어 있다시피 하다는 소문은 일찌감치 돌았다. 회사 안에서 상대적으로 목소리가 약한 디자인 팀에 이전 발령이 난 것은 놀라운 일이 아니었다. 팀원들은 대부분 난색을 표했다.
 "거기까지 출근을 어떻게 하냐."
 "한겨울에 이사하란 말이야?"
 "애들 학교는 어쩌고."
 울며 겨자 먹기로 떠밀린 직원들에게 사측은 사옥에서 지하철 한 정거장 거리에 있는 오피스텔에 입주할 수 있게 해주겠다고 제안했다. 서울 강북에서도 북동쪽에 살던 수현은 출퇴근에 네댓 시간을 쓸 엄두가 나지 않았다. 위에서 결정이 내려진 이상 달라질 것은 없었기에 그는 오피스텔에 입주하기로 결정했다. 어차피 잠만 자면 되는 곳이니 아무래도 상관없었다. 그리하여 10평 남짓한 공간에서 주중 닷새를 보내고 금요일 저녁이 되면 가족이 기다리는 집으로 돌아가는 일이 그의 새로운 일상으로 자리 잡았다.

팀원들은 외딴 섬으로 방출된 이등 시민이 된 양 암담해했지만 신축 사옥은 생각보다 근사했다. 현대적이고 미감이 뛰어난 건축물에 풍부한 녹지까지 갖추고 있었다. 본사에 비하면 각 부서에 할당된 공간도 더없이 여유로웠다. 구내 복지시설도 충분했다. 라운지와 카페, 탁구장, 마사지체어실, 도서관, 그리고 매일 아침 요가 수업이 열리는 피트니스 클럽이 있었다. 사옥 뒤로는 능선이 얕은 언덕이 있었고 거기에 다양한 수종의 나무들이 빽빽이 심겨 있었다.

구내식당에서 점심을 먹은 뒤 직원들은 따뜻한 실내 라운지에서 식후 커피를 즐겼지만, 수현은 코트 깃을 바짝 올려 긴 머플러를 칭칭 감고는 혼자 언덕에 올랐다. 그곳에서 건물 너머 목가적인 전원 풍경을 내려다보노라면, 한겨울 뒷산에 올라 뺨이 울긋불긋하게 터질 때까지 코흘리개 친구들과 뛰어놀던 유년 시절이 떠올랐다.

혼자 사는 직원들은 퇴근길에 저녁 식사를 적당히 해결하고 들어갔다. 수현도 처음 몇 주는 그렇게 해보았지만 식당 밥은 금세 물렸다. 적어도 저녁 한 끼는 집에서 해 먹는 게 속은 물론이고 마음도 편할 것 같았다. 퇴근길에 장을 봐서 음식을 만드는 게 여간 번거로운 일이 아니었지만 익숙해지니 나름의 재미가 있었다.

가령 뚝배기에 갓 지은 쌀밥은 그것만으로도 최고의 만찬이었다. 몇 번의 실패 이후 수현은 불 조절에 제법 익숙해졌다. 배가 고프면 흰밥, 여유가 있다 싶으면 현미와 흑미, 완두콩이나 서리태를 넣어 잡곡밥을 지었다. 숙주, 당근, 양파, 버섯 등 그때그때 구미에 맞는 채소를 사서 굴소스를 넣고 볶기도 했다. 생선과 무나 감자를 간장에 조려 먹는 법도 터득했다. 데쳐놓은 제철 나물을 사다가 들깻가루로 담백하게 무치는 것도 썩 괜찮았다. 달걀을 톡 깨트린 뒤 빠르게 휘젓다가 토마토를 썰어 넣은 중화풍 토마토 계란볶음도 자주 해 먹었다. 요리 실력이 착실히 늘어가면서 평소 궁금했던 주방 도구들을 하나씩 사서 써보는 재미도 쏠쏠했다.

수현은 그보다 혼자 잠드는 일이 더 낯설었다. 더블사이즈의 침대는 넓기보다는 어딘가 썰렁하다는 느낌을 주었다. 아내의 목덜미에서 맡던 체취가 그리웠다. 하지만 같은 오피스텔에 입주한 기혼 남성들은 수현과 다른 감상을 내놓았다. 수현이 캐리어 두 개에 최소한의 짐만 담아 오피스텔에 입주한 다음 날, 근처 술집에서 조촐한 환영 모임이 열렸다. 남자들은 술에 취해 흥분을 감추지 못했다.

"외롭긴 뭐가 외로워. 오래된 사이일수록 떨어져 살아 볼 필요가 있어. 다시 화려한 싱글로 부활하는 거라고!"

수현은 '화려한 싱글'이라는 단어부터가 공감하기 힘들었다.

실제로 그때 그 술자리의 남자들은 꿈을 이루기는커녕 스스로를 돌보는 일조차 버거워했다. 점점 눈에 띄게 피폐해지더니 마침내 절반가량이 항복했다. 수현이 자족하는 생활에 적응한 것과 달리 빈곤한 식생활과 외로움, 금요일 저녁 처자식이 있는 집으로 돌아갔을 때 느낀 소외감 탓에 상당수가 원거리 출퇴근을 감내하면서까지 가족이 있는 집으로 돌아갔다.

"가족이란 말이죠. 어떤 경우라도 붙어살아야 하는 겁니다!"

큰 깨달음을 얻은 양 그들은 이번에도 아낌없이 목소리를 높였다.

그즈음 수현은 자신이 혼자인 삶에 제법 잘 맞고 어쩌면 그런 삶을 가슴속 깊이 바라고 있었는지도 모른다는 것을 깨달았다. 그는 오피스텔로 돌아오면 편한 옷으로 갈아입고, 부엌에 서서 저녁 식사를 만들고, 바로 설거지와 뒷정리를 했다. 아침에는 청소할 시간이 없어서 저녁에 창문을 열어 환기를 시키면서 바닥을 쓸었다. 이어서 샤워를 하고 다음 날 입을 옷을 다렸다. 이를 닦고 치실까지 사용하고 나면 그제야 휴식 시간. 침대맡 고요한 불빛 아래 원 없이 책 속으로 빠져드는 그 시간을 그는 하루 중 가장 사랑했다.

* * *

사월의 서점을 발견한 것은 날이 좀 풀린, 1월의 어느 밤이었다. 그날 수현은 야근 뒤 오피스텔까지 조금 돌아가더라도 걷고 싶었다. 코트를 단단히 여미고 회사를 나섰다. 처음 가보는 뒷길로 한참 걷다 보니 몇 개의 공업사를 지나 재래시장이 나왔다. 참기름을 짜내는 가게, 바구니에 과일과 채소를 담아 파는 가게, 이불집, 건어물전, 반찬 가게, 오래전부터 주인이 직접 빵을 구웠을 것 같은 빵집도 있었다. 그는 발걸음을 멈춰가며 즐겁게 구경했다.

시장은 가로수가 우거진 골목길로 이어졌다. 그곳을 걷

다가 수현은 잠시 멈칫했다. 알록달록한 꼬마전구가 네모난 창문 테두리를 따라 반짝이고 있었다. 슬그머니 들여다보니 내부에 책이 가득했다. 세상에, 이런 곳에 서점이라니. 수현의 입가에 미소가 지어졌다. 그제야 문 옆으로 무릎 높이의 입간판이 보였다. 거기에는 '사월의 서점'이라고 적혀 있었다. 문을 열자 문고리에 달아놓은 풍경이 울렸다.

서점 안은 바깥과 전혀 다른 세계였다. 매립식 조명과 간접 조명이 어우러져 적당한 조도를 연출했다. 가구들은 자연스럽게 바랜 오크 원목이었다. 천장에 매달린 채 잎사귀를 늘어뜨린 화분과 구석구석의 작은 화분들이 싱그러움을 더해주었다.

그 풍경 안에 사람은 한 명뿐이었다. 젊은 여자가 책상 앞에서 손등으로 턱을 괸 채 책을 읽고 있었다. 가슴까지 내려오는 곱슬머리는 부스스했고 빨강과 초록이 섞인 로열 스튜어트 체크무늬의 담요로 상체를 포근하게 덮고 있었다. 그녀는 책에서 눈을 떼지 않은 채 입을 열었다.

"찬 바람이 들어오니 문 좀 닫아주시겠어요?"

수현은 그제야 자신이 문도 닫지 않은 채 엉거주춤하게 서점 내부를 살피고 있었음을 깨달았다. 얼른 문을 닫고 실내의 온기에 몸을 맡겼다.

"아직 영업하십니까?"

수현이 조심스럽게 묻자 여자는 입술을 다문 채 고개만 끄덕였다.

입구에서 가장 가까운 쪽에 책상과 계산대, 그리고 필기구와 엽서 등의 문구류를 전시해놓은 낮은 책장이 보였다. 안쪽으로 들어가니 직사각형의 벽면을 따라 원목 책장이 설치되어 있었다. 중앙의 기다란 테이블에는 책이 눕혀서 진열되어 있었고, 그 가장자리에는 레몬 조각을 띄운 물병과 컵이 가지런히 놓여 있었다. 두꺼운 양모로 뜬 무지개색 방석이 테이블에 딸린 세 개의 스툴을 알록달록하게 장식했다.

수현은 테이블 위의 책부터 살펴보기 시작했다. 이 서점의 특별한 분위기는 전적으로 서점 주인의 감각인 듯 보였다. 주인으로 추정되는 그 여자는 여전히 책에 푹 빠져 있었다. 간간이 그 모습을 훔쳐보면서 수현은 여자가 저토록 열중하고 있는 저 책을 읽어보고 싶다고 생각했다. 그의 시선을 느꼈는지 그녀가 고개를 들고 말했다.

"거기 있는 귤, 드세요."

모로칸 스타일의 오목한 접시에 서너 개의 귤이 담겨 있었다. 윤기는커녕 투박한 표면에, 모양도 크기도 각양각색이었다. 수현은 가장 작고 못난 귤을 집어 까먹으면서 서점 안 책장을 꼼꼼히 둘러보았다. 손님은 자신뿐이고 이제 닫을 시간이고 귤까지 얻어먹었으니 뭐라도 사고 싶었지만 불행히도 끌리는 책이 없었다. 게다가 그는 읽고 있는 책을 완전히 끝내야만 다음 책으로 넘어갈 수 있는 타입이었다. 그가 콧등과 턱을 만지작거리자 그녀가 다시 말을 건넸다.

"부담 갖지 않으셔도 돼요. 책 안 사셔도 된다고요."

속을 꿰뚫어보는 듯한 터프한 말투에 수현은 조금 놀랐다. 그는 그녀가 앉은 책상 앞으로 다가갔다.

"혹시 지금 읽고 계신 책이 뭔지 여쭤봐도 될까요?"

그녀가 책을 덮으며 표지를 보여주었다.

"에단 호크의 『웬즈데이』예요. 아시죠, 그 배우요. 소설책을 네 권이나 냈죠."

"같은 책이 또 있나요? 무척 재미있게 읽으시는 것 같아서요."

"이 책은 제 소장품이라…. 에단 호크의 영화를 보고 생각나서 다시 읽는 중이에요. 아까도 말씀드렸지만 부담 갖지 마세요. 책은 억지로 사면 안 되잖아요."

그녀는 긴 머리를 흩날리며 자리에서 일어나 빈틈없는 동작으로 테이블 위의 음료를 치우고 스툴을 제자리에 집어넣고 난로 불을 껐다.

"자, 이제 닫을 시간이에요."

수현은 쫓겨나다시피 가게를 나왔다. 아까보다 공기가 차가웠지만 마음만은 한결 따뜻했다. 낯선 학교로 전학을 갔는데 누군가 자신에게 먼저 말을 걸어주었을 때의 그런 마음.

그날 이후 수현은 일주일에 두어 번 사월의 서점에 들렀다. 이내 주인의 이름이 사월이라는 것을 알게 되었다. 친구로 보이는 손님이 그녀를 부르는 소리를 듣게 된 것이다. 그렇구나, 그래서 사월의 서점이구나. 잘 지은 이름이라고 생각했다.

수현이 몇 번을 와도 사월은 그를 항상 처음 맞이하는 손님처럼 대했다. 다른 손님도 똑같이 대하는 걸 보고 편안한 거리를 유지하기 위한 나름의 접객 방식이라는 걸 깨달았다. 수현 역시 가볍게 묵례한 뒤 처음 온 손님처럼 책을 하나하나 살폈다. 그는 먼저 작가와 출판사를 확인한 뒤 목차와 서문을 읽었다. 그쯤에서 느낌이 괜찮다 싶으면

구매해서 테이블에 앉아 책을 읽다가 30분 정도 지나면 캐멀색 더플코트의 토글을 잠그며 일어났다. 사월의 서점에 들러 조금이라도 시간을 보내고 나면 어쩐지 마음이 놓여 귀가하는 발걸음이 가벼워졌다. 그는 매일 똑같은 일상에 깃든 작은 변화가 제법 마음에 들었다.

 어느 날 저녁, 사월이 수현에게 먼저 말을 걸었다.
 "손님은 좀 특이하신 것 같아요."
 흠, 이곳에서도 그런 소리를 듣다니.
 "보통 중년 남성분들은 질문을 많이 하시거든요. 이거 해서 먹고살 수는 있냐, 이 정도 규모면 월 매출은 얼마나 나오냐, 자기도 나중에 회사 잘리면 서점이나 한번 차려볼까 한다, 어떻게 준비하면 되느냐⋯ 다짜고짜 밑도 끝도 없이 묻죠."
 수현은 속으로 뜨끔했다. 자신도 마찬가지로 그런 부분이 궁금하긴 했다. 드러내느냐, 마느냐의 차이였을 뿐.
 "저런, 난감하셨겠군요."
 "그런 질문을 하지 않으셔서 솔직히 신선했어요."
 사월이 팔짱을 끼며 책상 앞으로 상체를 기울였다. 누군가와 이야기를 나누고 싶어 하는 눈치였다.

"사람들이 서점 하는 걸 취미 생활로 볼 때마다 얼마나 억울한데요. 종일 읽고 싶은 책이나 마음껏 읽다 간다고 생각한다니까요."

사월이 입술 한끝을 실룩거렸다.

수현은 사월의 억울한 심정을 이해할 수 있었다. 그간 지켜본 바로는 처음 봤을 때처럼 느긋하게 자리에 앉아서 책을 읽는 경우가 드물었다. 그녀는 매번 무언가를 했다. 컴퓨터 화면을 노려보며 복잡한 표정을 짓는가 하면, 테이프가 덕지덕지 달라붙은 박스에서 신간을 꺼내 정리했다. 테이블에 전시된 책을 교체하거나 포스터 카피를 몇 번이고 고쳐 쓸 때도 있었다. 밀대나 물휴지로 먼지를 닦아내느라 바쁘다가도 사이사이 손님을 응대했다. 표정이 어두워 보여서 무슨 일인가 싶으면 계산기를 끼고 정산 작업을 하고 있었다. 아르바이트생은 책이 입고되는 월요일에만 썼다. 거의 온종일 같은 공간에 갇혀 있는 셈이었다.

"전 이제 딱 봐도 저 사람이 책을 사 갈지, 안 사 갈지 알 수 있어요."

"어떻게요?"

"눈을 반짝거리며 들어오는 분들은 구경만 하고 정작 책은 안 사요. 좋게 말하면 서점의 분위기를 즐기다 가는 분들이죠. 정신없이 휘젓고 다니면서 SNS용 사진만 찍고 나가는 분들도 있어요."

"그럼 어떤 분들이 책을 사는 겁니까?"

"그런 분들은 우선 짐을 테이블이나 바닥에 내려놓고 시작하죠. 자, 이제부터 여기를 샅샅이 훑어보는 거야. 느긋하지만 어딘가 단호한 느낌이 있어요."

"보물찾기에 나선 것처럼?"

수현의 말에 사월이 활짝 웃으며 고개를 끄덕였다.

"물론 제 예감이 틀릴 때도 있어요. 저희 서점에 그 손님의 보물이 없을 수도 있는 거고. 하지만…."

그녀가 말을 멈추고 잠시 생각에 잠겼다.

"책이 좋아서 들른 분들이라 괜히 정겨워요. 주인 눈치 보느라 마음에 들지도 않는 책을 사 가는 게 제가 가장 원치 않는 상황이에요. 책에 대한 근본적인 애정이 사그라들면 곤란하잖아요."

수현은 언뜻 차갑고 무뚝뚝해 보이던 사월이 책에 대해서 얘기할 때만큼은 너그럽고 풍부한 표정을 보여준다는 걸 깨달았다.

"그래도 아닌 건 아닌 경우도 있어요. 가령 여럿이 와서 시끄럽게 떠들거나 필요한 내용만 휴대폰으로 찍어 가거나 여긴 다른 데처럼 커피 없냐고 타박할 때는 솔직히….”

"…진상?"

"네, 물론 책을 사야만 손님은 아니지만요. 어떤 사람들은 서점 주인이라면 무조건 착하고 관대할 거라고 착각하기도 해요. 하물며 학생들도 조금만 말 붙이면 언니, 누나 하면서 개인적인 하소연을 하려 들고."

"혹시 저도 지금 실례를 하고 있는 거 아닐까요?"

수현이 심각한 표정으로 묻자, 사월은 생긋 웃으면서 고개를 양옆으로 흔들었다.

"아뇨, 손님은 제 얘기를 들어주시는 거잖아요."

점차 그녀와 몇 마디 대화를 나누는 게 소소한 삶의 기쁨이 되어갔다. 수현은 서점에 들렀다 온 날이면 침대에 누워 그날 나눈 이야기를 하나하나 반추하고 음미했다. 회사 안에서만 생활하다 보니 세상에 얼마나 다양한 형태의 일과 삶의 방식이 있는지 잊고 살았다는 생각이 들었다. 불현듯 수현은 휴대폰으로 '사월의 서점'을 검색해보았다. 블로그가 존재했고 그 안에 사월이 쓰는 '서점 일기' 항목이 있었다. 서점을 열기 전부터 한 주에 한두 번 꼴로 글을 쓴 모양이었다. 엎드린 자세로 첫 글부터 찾아 읽었다. 그녀의 말투가 툭툭 거침없어 다소 차가운 분위기를 풍겼다면, 그녀의 글은 정갈하면서도 어딘가 모르게 뭉클한 정서를 풍겼다. 사월은 아무런 두려움 없이 자신의 내밀한 감정을 있는 그대로 드러냈다.

손님이 단 한 사람도 없던 날의 막막함에 대해서, 누군가 책을 많이 사 갔을 때 느낀 솔직한 기쁨에 대해서, 좋아하는 일을 직업으로 택한 데 따른 후회에 대해서, 무례한 사람들에게 느끼는 슬픔과 분노에 대해서, 젊은 여자 혼자 가게를 운영하면서 겪는 부당한 일들에 대해서, 가끔 서점을 확 닫아버리고 무작정 어디론가 떠나고 싶은 충동에 대해서…. 그 글들은 사월의 서점에 비치된 어떤 책보다 재미있게 읽혔다. 어제 자 일기까지 단숨에 읽고 나니 새벽 3시가 훌쩍 넘어 있었다.

서점에 들르지 않는 날에는 블로그에 접속해 그녀가 새로 올린 글이 있는지 살펴보는 게 수현의 새로운 일과로 자리 잡았다. 사월의 삶을 곁에서 지켜보노라면 수현 역시 다른 삶을 살아가는 것만 같았다. 그녀의 냉철하고 강직한 겉모습 뒤에 숨어 있는 순수한 열정과 기쁨, 초조함과 아득함을 어렴풋하게나마 이해할 수 있을 것 같았다. 물론 사월 앞에서는 글을 읽었다는 내색을 하지 않았다. 겨울이 끝나갈 무렵, 두 사람은 서로를 편하게 이름으로 부르기 시작했다.

"수현 님은… 역시 특이하신 것 같아요."

목장갑을 끼고 책을 꽂던 사월이 불쑥 말을 꺼냈다. 왜 그렇게 생각하느냐고 수현이 되물었다.

"남자들이 보통 여자들한테 하는 뻔한 질문을 전혀 안 하시니까요."

"그런 게 따로 있나요? 몰랐습니다."

"몇 살인지, 남자 친구가 있는지, 혼자 사는지… 뭐 이런 것들이요."

"왜 그런 걸 궁금해하는 걸까요? 나이요? 나이가 그 사람에 대해 알려주는 건 너무나 제한적이에요."

"그렇다면 수현 님은 제가 몇 살인지, 남자 친구가 있는지, 혼자 사는지 전혀 궁금하지 않으신 걸로 이해할게요."

사월이 장난스럽게 눈웃음을 지어 보였다.

궁금하지 않다기보다는 이미 알고 있었다. 블로그를 통해 유추가 가능했다. 서른하나. 작년까지 만나는 사람이 있었지만 서점을 오픈하는 시점에 헤어짐. 구조해온 새끼 길고양이를 키우며 자취 중.

"그럼, 저에 대해서 뭐가 궁금하세요?"

갑작스런 질문에 수현이 헛기침을 했다. 사월은 수현을 빤히 쳐다보며 대답을 기다렸다.

"저라면… 그 수많은 체크무늬 옷들은 어디서 구하시는지, 기억나는 가장 어릴 때 일은 무엇인지, 어떤 일로 처음 돈을 벌어봤는지, 인생에서 가장 의미 있는 영향을 끼친 사람이 누구인지, 꾸준히 수집해온 물건이 있는지, 없애버리고 싶은 습관이 뭔지… 이런 것들이 궁금할 것 같습니다."

수현은 말을 마치고 나서 후회했다. 왜 사월 앞에서는 이토록 말이 많아지는지 스스로도 의아했다. 사월은 눈앞의 이 남자가 역시 특이하다는 듯 고개를 갸웃거렸다.

"그럼 앞으로 생각날 때마다 한 가지씩 알려드릴게요."

더없이 다정한 문장이 선물처럼 돌아왔다.

기상청에서도 예보하지 못한 폭설이 중부권 전체를 뒤덮은 날, 수현은 서점 앞까지 갔지만 이미 늦은 시간이라 그냥 지나치려고 했다. 멀리서 사월이 패딩을 껴입고 털모자로 귓불까지 단단히 덮은 채 서점 앞에 나와 있는 모습이 보였다. 그녀는 전날 밤부터 쌓인 어마어마한 양의 눈

더미를 삽으로 치우고 있었다. 근처 가게들은 이미 청소를 끝냈는지 깨끗했고 서점 앞에만 눈 더미가 쌓여 있었다. 혼자 가게를 운영하다 보니 손님이 빠지고 나서야 작업을 시작한 것 같았다. 수현의 발걸음이 절로 빨라졌다.

"안녕하세요. 어떡하지, 이제 문 닫으려던 참인데요."

털모자를 너무 눌러써서 눈은 보일락 말락. 입술 사이로는 쉴 새 없이 하얀 김이 나왔다. 수현은 서점 안으로 들어가 테이블에 가방을 올려놓고 바로 나와서 사월의 손에서 삽을 빼앗았다.

"추운데 들어가서 가게 마저 정리하고 계세요. 여긴 제가 마무리해놓겠습니다."

일방적으로 말을 끝내자마자 수현은 눈 더미를 서둘러 밀어내기 시작했다. 사월이 가게로 들어간 지 얼마 되지 않아 실내조명이 꺼졌다. 창문 너머로 희미한 가로등 불빛 아래서 눈을 치우고 있는 수현의 뒷모습이 보였고, 사월은 그 모습을 어둠 속에서 한참 지켜보았다.

* * *

금요일 저녁은 어김없이 돌아왔고 수현은 아내와 아이

가 있는 집으로 퇴근했다.

"어서 와요."

벨을 누르고 기다리니 아내가 해사한 미소를 지으며 맞이해주었다. 가방을 두려고 서재로 향하는데 그녀가 수현의 허리를 껴안고 보조를 맞춰 걸었다.

"당신이 벨을 누르고 들어오면 나 솔직히 떨려. 낯설기도 하고."

수현은 오른팔로 아내의 어깨를 끌어안고 정수리에 가볍게 입을 맞췄다.

"예준이는?"

"친구 집. 저녁 먹고 더 놀다 온대. 연락 주기로 했어."

수현이 책상 옆에 가방을 내려놓고 몸을 돌려 아내를 제대로 끌어안았다. 자신의 허리를 휘감은 아내의 팔에 힘이 들어가는 것이 느껴졌다.

"아아… 너무 좋다. 따뜻하고 너무 좋다."

아내는 눈을 감고 수현의 귓가에 나지막이 속삭였다.

"은찬 엄마가 자꾸 우리 집 걱정을 하는 거야. 주말부부 하면 사이 안 좋아진다고. 부부는 꼭 한집에 살아야 하고 한 침대에서 자야 한다고. 자기가 아는 기러기 가족은 대부분 별거나 다름없다고. 참 남의 집안일에 관심이 많아.

우린 이렇게 좋은데…."

 바쁜 한 주에 지쳐서 후각이 예민해진 탓인지 아내의 체취가 머릿속이 아득해질 정도로 강하게 느껴졌다. 수현은 아내의 몸을 감싼 팔을 푼 뒤 구석의 가죽 소파로 가서 앉아 아내를 골똘히 올려다봤다. 그의 표정이 한껏 진지해지자 아내가 눈을 동그랗게 뜨며 고개를 갸웃거렸다.

 "당신 왜 그래?"

 그녀가 수현 앞으로 다가왔다. 수현은 그녀와 장난치고 싶은 마음이 없었다. 그가 돌연 아내의 몸을 소파 위에 비스듬히 눕히고 옷 위로 젖가슴을 애무했다. 그리고 치마 속으로 손을 집어넣어 속옷을 끌어 내린 뒤 소파 아래로 던졌다. 그곳은 이미 넘치도록 젖어 있었.

 수현은 아내의 다리를 접어 세워 무릎을 벌리게 하고 벨트를 풀렀다. 터질 듯이 부풀어 있던 그가 약간의 틈도 허락하지 않고 아내의 몸을 채웠다. 평소 같지 않게 거칠고 성급한 몸짓에 아내의 입에서 낯선 신음이 새어 나왔다. 점차 높아지던 소리가 정점을 찍을 무렵 수현도 극에 달했다.

 "당신, 무슨 일 있었어?"

 두 팔을 머리 위로 올리고 나른한 여운에 빠져 있던 아내가 엎드린 채 숨을 몰아쉬고 있는 수현에게 물었다.

"미안. 혹시 아팠어?"

"아니. 천만에."

수현의 귀에 대고 아내가 사랑스럽게 속삭였다.

"가끔 이 머릿속에서 무슨 생각을 하는지 모르겠어."

아내는 수현의 정수리를 손가락으로 꾹꾹 눌렀다.

"아무 생각도 안 해. 텅 비었어."

수현은 태연하게 거짓말하는 자신에 놀라 몸을 일으켜 먼저 방을 나갔다.

다음 날 그들은 국립 박물관에서 열리는 특별 전시를 보러 갔다가 저녁에는 베트남 식당에서 분짜를 먹고 귀가해서는 보드게임을 하다가 일찌감치 잠을 청했다.

일요일 오전에 수현은 화장실 청소를 하고 베란다에 널려 있던 빨래를 걷어 개켰다. 그러고 나서 팬케이크를 구웠다. 오후엔 아들을 데리고 나가 주중에 새로 샀다는 자전거에 적응할 수 있도록 도와주었다.

시곗바늘이 오후 4시를 가리킬 때 그는 자리를 털고 일어났다. 아파트 단지를 빠져나오니 그새 해가 지고 있었다. 그는 지하철 창밖으로 하늘이 몽환적인 자줏빛으로 물들어가는 과정을 물끄러미 지켜보며 오피스텔로 돌아갔다.

  그날 밤 잠자리에서 수현은 수없이 뒤척였다. 밤이 깊어지면서 봄을 부르는 비가 제법 내리기 시작했다. 빗줄기가 사선으로 창문을 때리는 소리가 폭죽이 쉼 없이 터지는 소리 같았다. 빗소리 때문인지 머릿속이 낮보다 더 예민하게 깨어났다. 참지 못하고 몸을 일으켜 저만치에 두었던 휴대폰을 들고 왔다. 한참을 가만히 쥐고 있다가 사월의 블로그 주소를 입력했다. 새 글은 없었다. 수현은 블로그의 1년 반 전 첫 글부터 다시 하나하나 읽기 시작했다.

* * *

  수현이 서점에 들어섰을 때 사월은 작은 군고구마를 호호 불며 먹고 있었다.

"어서 오세요."

  급하게 먹다가 시레가 들렸는지 그녀는 컥컥거리며 생수를 들이켰다. 긴 머리를 말아 올리고 검정과 감색, 그리고 초록색이 뒤섞인 블랙 워치 체크무늬 목도리를 두르고 있었다.

"저녁 드시는 거예요?"

수현이 안쓰럽게 물었다.

"아, 네."

시곗바늘이 8시 45분을 지나고 있었다.

"저… 가게 닫으면 저와 제대로 식사하러 가실래요?"

수현은 주저하며 말했다. 이건 선을 넘는 일이고 상대에게 부담을 주는 일이다. 가게 주인과 손님은 함께 저녁 식사 같은 걸 하는 사이가 아니지 않은가.

"조금만 기다려주실 수 있죠? 손님이 없어도 제시간에 닫아야 하니까."

사월이 얼른 먹던 군고구마를 포일에 꽁꽁 싸매면서 말했다.

"물론 그러셔야죠."

대화를 주고받는 동안에 누군가의 배에서 꼬르륵 소리가 크게 났지만 두 사람은 모르는 척 시치미를 뗐다.

서점에서 나온 두 사람은 맑은 밤공기를 한가득 들이마셨다. 거리의 나무들은 새싹을 틔우고, 환한 손톱 모양 반달은 어두운 밤을 밝히고 있었다. 사월은 스웨트셔츠 위에 카디건을 하나 더 걸치고 나왔고 수현은 트렌치코트 차림이었다. 이따금 생각 났다는 듯이 찬 바람이 밀려왔다.

"뭐 드시고 싶으세요?"

수현이 사월의 표정을 살피면서 물었다.

"음… 자취하면 먹기 힘든 것들이요."

사월의 볼이 발그레했다. 길고 굽슬굽슬한 머리카락이 바람에 나부껴 수시로 그 위를 덮었다.

"고기 같은 거 말인가요?"

그 말에 사월은 수현을 쳐다보며 씩 웃었다.

"아니요. 전 사람 많은 고깃집 가서 혼자 잘 먹어요."

참 그녀답다 싶어 수현은 가만히 미소 지었다.

"음식 가리는 건 없으세요?"

바람 소리가 커져서 수현은 목소리를 높여야 했다. 거의 외치는 수준으로.

"다 잘 먹어요."

사월도 마찬가지로 소리 높여 대답했다.

수현은 오로지 이 사람에게 이 시간에 찾을 수 있는 가장 맛있는 음식을 먹이고 싶다는 생각뿐이었다.

가게 안에는 두 사람뿐이었다. 그들은 좌식 테이블에 마주 앉아 이 집의 유일한 메뉴인 장어덮밥이 나오기를 기다렸다. 막상 환한 곳, 그것도 서점이 아닌 장소에서 마주 보고 있으려니 쑥스러웠다.

"오늘 손님 많았나요?"

수현이 어색함을 깨보려고 질문을 던졌다.

"아뇨. 딱 한 권 팔았어요."

금세 후회했다.

"죄송합니다. 제가 괜한 질문을 드렸네요."

수현의 얼굴이 빨개졌다.

"괜찮아요. 자주 있는 일인데요, 뭘. 그래서 서점을 낭만적인 마음으로 시작하면 안 된다고 하죠. 얼마 못 가서 포기하게 된다고. 전 다음 달이면 가까스로 1년은 채우네요."

수현이 그녀의 이야기에 귀 기울이는 사이 주인아주머니가 장어덮밥과 따끈한 장국, 생강절임과 단무지를 내왔다. 윤기가 흐르는 흰 쌀밥에 특제 간장 소스를 입힌 두툼한 장어구이를 보고 두 사람의 표정이 환해졌다. 사월은 맛있다는 소리를 연발했고 그 모습을 흐뭇하게 바라보며 수현도 젓가락질을 멈추지 않았다.

식사를 마친 뒤 두 사람은 봄바람이 나부끼는 거리로 다시 나와 걸었다. 이만큼 기분 좋게 밤공기를 마실 수 있는 날이 1년에 며칠이나 될까. 이맘때 밤 산책은 어느 계절보다 사랑스러웠다.

"오늘 감사히 잘 먹었습니다. 전 이만 가볼게요."

사월이 인사를 건네자 수현은 잠시 머뭇대다가 입을 열었다.

"밤이 늦어서… 집 근처까지 모셔다드려도 될까요?"

수현은 사월을 데려다준 뒤 자신도 집까지 걸어갈 생각이었다.

"저 혼자 가도 위험하진 않겠지만, 네… 좋아요."

사월이 사근사근하게 대답했다.

두 사람은 봄에 관한 기억을 이야기하면서 걸었다. 얼마 가지 않았는데 빗방울이 하나둘 떨어지기 시작하더니 소낙비로 변했다. 수현은 재빨리 가방에서 우산을 꺼내 사월의 몸을 가려주었다.

"우산이 좀 작네요."

수현이 사월 쪽으로 우산을 최대한 기울였다.

"전 괜찮은데 수현 님 어깨가 다 젖었는데요? 가까이 붙으셔도 돼요."

그렇지 않아도 움직일 때마다 자연스레 팔이 닿았다.

"안 되겠어요. 제가 들게요."

우산이 자꾸 기우는 걸 보다 못한 사월이 손을 뻗었다. 얼른 손잡이를 낚아채려 했지만 수현의 손이 꼼짝도 하지 않았다. 얼떨결에 그녀의 손이 손잡이를 말아 쥐고 있던 그의 손에 겹쳐졌다. 사월이 포기하고 손을 떼자 수현이 걸음을 멈추었다.

"아무래도 제가 드는 게 낫겠어요. 대신 사월 님이 왼편에 서시는 게 제가 조금 더 편할 것 같습니다."

사월이 위치를 옮기고 한동안 두 사람은 말없이 걷기만 했다. 고요 속에서 그녀의 시선이 우산 손잡이를 쥔 수현의 왼손을 향했다. 실반지가 어둠 속에서 가끔 반짝였다.

"수현 님은… 집에서도 자상하시죠?"

수현은 심장 언저리에서 바늘로 찌르는 듯한 통증이 느껴졌다. 우산을 쥔 손에만 불필요하게 힘이 들어갔다. 집 근처에 다다른 사월은 그 말만을 남겨놓고 우산 속을 빠져나가 첨벙첨벙 물을 튀기며 뛰어갔다. 수현은 사월의 모습이 저 너머로 사라질 때까지 텅 빈 눈빛으로 바라보고만 있었다.

* * *

수현이 사월의 서점을 다시 찾은 건 그로부터 두 달여 만인 금요일 퇴근길이었다.

그날 밤 이후로 수현은 잠을 잘 이루지 못했다. 착실히 쌓아온 벽돌을 단번에 허물어뜨리고 싶은 욕구가 밤마다 꿈틀거리며 숙면을 방해했다. 안경 알에 얼룩이 번진 것도 눈치채지 못했다. 집안일은 건너뛰고 저녁도 거르기 일쑤였다. 후배들이 고민 상담을 요청하는 것도 피했다.

그는 일상을 되찾고 충동이 잠잠해질 때까지 서점에 발길을 끊기로 결심했다. 습관처럼 찾던 그녀의 블로그에도 들어가지 않았다. 얼마간 시간이 지나자 이제는 많은 것에 무뎌졌다는 생각이 들었다. 그곳에 가보면 확실하게 알 수 있을 테지.

"오늘은 좀 늦을 것 같아. 예준이랑 저녁 먼저 먹어요."

회사 건물을 나오면서 아내에게 전화를 해두었다. 알았다고, 야식이라도 만들어놓겠다고 말하는 목소리가 평소처럼 상냥했다.

서점 문을 열고 들어서자 익숙한 웃음소리가 들렸다. 수현은 숨을 깊이 들이마셨다. 그때 계산대 옆 책상 아래에서 한 청년이 몸을 일으켰다.

"어휴. 허리 나갈 뻔했네. 손님 오셨다."

청년이 입구를 등진 채 정산을 하던 사월에게 말했다. 대학생 정도로 보이는 청년은 키가 크고 어깨가 다부졌다. 노란색 티셔츠 안으로 보이는 팔근육이 탄탄했다. 아직 반팔을 입기엔 이른 감이 있었지만 존재 자체가 여름 같은 남자였다. 짙은 눈썹에 까무잡잡한 피부, 함박웃음을 머금은 입술에 하얀 치아. 속마음이 여과 없이 드러나는 타입이리라.

이곳은 그녀의 서점이다. 그녀가 누구를 데려오든, 손님을 어떻게 맞이하든 전적으로 그녀의 자유다. 수현은 그렇게 자신을 타이르며 중앙 테이블로 향했다. 사월의 시선이 느껴졌다. 한동안 들르지 않아 그사이 전시된 책이 바뀌었지만 무엇 하나 눈길을 끄는 것은 없었다. 손님이 없어서 사월과 청년의 대화가 더욱 또렷하게 들려왔다.

"배고프지 않아? 뭐 사 올까?"

"어깨 아프지? 주물러줄까?"

청년은 한시도 가만있지 못했다. 거대한 몸집의 골든 리트리버가 주인에게 애정을 구걸하는 모양새였다. 사월은 조금 귀찮다는 듯이 고개만 저었다. 풀이 죽은 청년은 사월이 앉은 의자 뒤에 가서 등받이 너머로 흘러내린 긴 머리를 한 손으로 부여잡은 뒤 다른 손으로 가느다란 목덜미를 주물렀다. 사월의 입에서 한숨인지 탄식인지 모를 소리가 새어 나오자 청년은 만족스러운 표정으로 목에서 어깨로, 어깨에서 팔로 움직임의 면적을 넓혀나갔다.

"죄송합니다만 물 한잔 얻어 마실 수 있을까요?"

보다 못 한 수현이 서점 안의 정적을 깼다. 그러자 서점 주인으로서의 사월이 유일한 손님에게 미간을 찌푸리며 주의를 돌렸다.

"거기 테이블 위에 물병이 있어요. 옆에 컵도 있고요."

처음 온 손님을 대하듯 덤덤한 말투였다. 지난겨울 처음으로 이곳을 찾았을 때 귤을 권하던 것과 흡사했다. 과연 사월의 말대로였다. 테이블엔 언제나처럼 물 쟁반이 놓여 있었다. 다만 그의 눈에 들어오지 않았을 뿐. 수현은 자신의 어리석음에 낙담하며 바닥에 내려놓았던 가방을 다시 들고 성큼성큼 입구로 향했다.

"안녕히 계세요."

그가 낮은 목소리로 정중하게 인사한 뒤 문을 열었다.

"네, 안녕히 가세요."

청년이 대신 인사를 받았다. 평생 의심이나 원망이라곤 해본 적 없을 것처럼 해맑은 목소리였다.

"잠깐만요."

낯익은 목소리가 문을 닫으려는 수현을 잡아 세웠다. 그는 짧게 심호흡을 하고 돌아섰다. 사월이 팔을 뻗으면 닿을 위치에 서 있었다. 그녀의 얼굴을 정면에서 바라보는 것이 낯설게 느껴졌다. 그새 앞머리가 많이 길어 눈을 찌를 듯했다. 그녀는 보라색 후드티의 앞주머니에서 무언가 꺼내 수현의 손에 쥐여주었다.

"이거 드세요."

수현은 자신의 손에 들린 귤 두 개를 한참 내려다봤다. 눈앞에서 사월의 눈동자가 많은 생각을 담고서 빛나고 있었지만 그녀는 더 이상의 말은 아꼈다.

"…고맙습니다."

간신히 인사를 건넨 뒤 귤을 재킷 호주머니에 집어넣었다. 사월은 고개를 끄덕이더니 문을 연 채 오래도록 그곳에 남아 그녀의 손님을 배웅했다. 익숙한 골목을 완전히 빠져나올 때까지 수현은 평소보다 더 꼿꼿하게 허리를 세우고 걸었다.

지하철은 어느덧 지상으로 올라왔고 역 구간이 길어졌다. 수현은 출입문 옆에 서서 창밖을 내다봤다. 주말 퇴근길마다 평화로운 고양감을 안겨주던 노을은 어느덧 사라진 뒤였다. 이따금 호주머니에 손을 넣어 귤을 만져보았다. 껍질이 두툼하고 오톨도톨한 점이 주근깨처럼 나 있었다.

  어수선한 소리가 들려 고개를 돌려보니 서너 살쯤 되어 보이는 남자아이가 울며불며 바닥을 구르고 있었다. 옆에서 아이 엄마로 보이는 여자가 갓난아이를 가슴에 안은 채 곤란해하며 상황을 수습하려 애썼다. 몇 안 되는 승객들의 시선이 아이에게 향하다가 금세 멀어졌다. 아이는 잠투정을 하는 것 같았다. 수현이 아이에게 다가갔다.

  "아저씨 주머니에 뭐가 있게?"

  수현은 눈물로 범벅이 된 아이와 눈을 맞춘 뒤 상냥하게 말을 걸었다. 아이는 울음을 멈추고 수현을 물끄러미 올려다봤다.

  "거기서는 잘 안 보이니까 이리 와서 앉아."

  수현이 맞은편 자리로 가서 아이에게 손짓했다. 아이가 얌전히 수현의 옆자리에 앉았다.

  "아저씨가 나무에서 따 온 귤이야. 잎사귀두 따라왔지."

  수현이 호주머니에서 귤을 하나씩 꺼내 손바닥에 올려놓고 아이가 살필 수 있게 해주었다. 이내 아이가 손을 뻗어 잡으려고 하자 재빨리 뒤로 감췄다. 아이의 입에서 까르르 웃음소리가 터져 나왔다. 내친김에 수현은 귤로 저글링도 해 보였다. 아이는 신이 나서 귤을 잡아보려고 팔을 내저었다. 오래전 아들과 놀던 기억이 떠올라서 가슴 한구석이 저릿해졌다.

어느덧 수현이 내릴 차례였다. 그는 아이의 손에 귤을 쥐여주었다. 아이 엄마가 말없이 고개를 숙이며 미소 지었다. 출입문이 열리고 수현이 발을 내디뎠다. 인파에 섞여 그가 천천히 멀어져갔다.

작가의 말

오랜만의 단편소설집이다. 2011년에 첫 소설집을 냈을 때만 해도 아직 소설 쓰는 방법을 몰라 무척 고생했던 기억이 난다. 물론 지금이라고 딱히 달라진 건 아니지만 최소한 백지 앞에서의 긴장과 두려움은 사라졌다. 기쁜 마음으로 어깨 힘을 빼고 생각나는 대로 자유롭게 써나갔다.

머릿속이 텅 비어 아무 생각이 나지 않다가도 정해진 시간에 책상 앞에 앉아 있노라면 하나의 단어나 이미지가 떠올랐고, 그것들이 오븐 속의 빵 반죽처럼 서서히 부풀어, 어느덧 내 안에서 이야기들을 만들어갔다. 꾸준함이 작지만 확실한 기적을 만들어준 셈이다.

구체적인 목적의식 없이 그저 내키는 대로 썼을 뿐인데, 이렇게 한 권의 책으로 묶어 다시 읽어보니 당시의 내 생각을 일관되게 반영했음을 알 수 있었다. 나는 저마다의 자리에서 저마다의 고통을 품고 살아가는, 강인하고 사랑스러운 사람들의 이야기를 쓰고 싶었던 것 같다.

인생은 그리 단순하지도, 의도대로 풀리지도 않다 보니 사람들은 보이지 않는 각자의 장소에서 필사적으로 투쟁을 벌인다. 그들은 용기 있는 선택을 내리고 스스로 상황을 움직이는가 하면, 어쩔 수 없는 상황을 결기 있게 받아들여 슬픔을 아름다움으로 승화하기도 한다. 혹은 아예 속수무책으로 무너져 내리기도 하는데, 이런 정직한 항복이라면 견고한 껍질을 깨고 새로이 시작하게 하는 내면의 힘을 길러줄지도 모르겠다.

자신의 인생에서 진정으로 소중한 것이 무엇인가를 성찰하고 그것을 지켜가며 의연하게 앞으로 나아가는 일—『곁에 남아 있는 사람』에 등장하는 사람들처럼, 온전히 내가 주인인 인생을 살아간다는 것은 바로 그런 것이 아닐까.

이 소설을 마무리할 즈음, 파킨슨병을 앓던 아빠가 세상을 떠났다. 15년 전에 먼저 떠난 엄마와 지금쯤 다시 만났을까. 엄마와 아빠는 중학교 시절부터 교제한, 말하자면 첫사랑끼리 결혼한 아주 희귀한 경우였다. 두 분은 단 한 번도 자식들 앞에서 언성을 높이며 다툰 적이 없었는데 이것이 얼마나 행운인지는 한참 나이를 먹고 나서야 알았다. 감사와 사랑의 마음을 담아, 이 소설을 하늘에 계신 부모님께 헌정한다.

지금 당신 곁에 남아 있는 사람들을 온 힘을 다해 사랑하길 바란다.

2018년 가을
임경선

곁에 남아 있는 사람

초판 1쇄 인쇄 2018년 9월 5일
초판 9쇄 발행 2025년 4월 29일

지은이 임경선
펴낸이 최순영

출판1 본부장 한수미
라이프 팀장 곽지희
디자인 송윤형

펴낸곳 ㈜위즈덤하우스 **출판등록** 2000년 5월 23일 제13-1071호
주소 서울특별시 마포구 양화로 19 합정오피스빌딩 17층
전화 02) 2179-5600 **홈페이지** www.wisdomhouse.co.kr

ⓒ 임경선, 2018

ISBN 979-11-6220-755-0 03810

- 이 책의 전부 또는 일부 내용을 재사용하려면 반드시 사전에 저작권자와 ㈜위즈덤하우스의 동의를 받아야 합니다.
- 인쇄·제작 및 유통상의 파본 도서는 구입하신 서점에서 바꿔드립니다.
- 책값은 뒤표지에 있습니다.